Sur l'auteur

Né en 1952 à Brockton, Massachusetts, Richard Krawiec se fait connaître en 1986 avec *Dandy*, salué par la critique. Il signe en 1996 un deuxième roman, *Faith in What?*, et se consacre ensuite à la poésie, au théâtre, à ses chroniques dans différentes revues de la côte Est et à l'enseignement. Il est l'un des premiers à donner des cours d'écriture et à animer des ateliers dans des centres d'accueil de SDF, des prisons ou des cités défavorisées, guidé par le souci, comme dans ses romans, de donner la parole à ceux qui ne l'ont plus.

Son troisième roman, *Vulnérables*, inédit aux États-Unis, est publié en France chez Tusitala en 2017, et remporte un grand succès d'estime.

RICHARD KRAWIEC

PARIA

Traduit de l'anglais (États-Unis)
par Charles Recoursé

Préface de Hervé Le Corre

10/18

ÉDITIONS TUSITALA

Titre original :
Pariah

ISBN 978-2-264-07753-0
Dépôt légal : août 2021

PRÉFACE

« Laisser une blessure »

Paria. Chaque roman de Richard Krawiec pourrait s'intituler ainsi. Parce que toujours avec lui on arpente les marges délabrées de la société américaine, on plonge dans un inframonde fracassé par la misère et la violence où s'efforcent de tenir debout des êtres dépossédés de tout, chancelants, naufragés encore accrochés à leur coquille de noix en train de sombrer.

Juste avant d'être jetés définitivement à la rue. Juste avant la mort sociale. Suspendus au-dessus du gouffre ouvert sous leurs pieds. Richard Krawiec sait de quoi il parle. Ces ghettos, ces bas-fonds, il les connaît, il les fréquente et y travaille depuis des années. Il n'y documente pas ses romans, il les en nourrit. La vie est là, aussi, tremblante et forte, et impitoyable. Le poète qu'il est sait traduire son souffle et ses râles.

Jolene et Artie, dans *Dandy*, s'accrochent l'un à l'autre en essayant de s'aimer, en singeant les rituels de l'amour, sans qu'on sache lequel soutient l'autre ou l'entraînera dans sa chute. Entre eux, un petit enfant rampant de temps en temps hors du carton qui lui sert de couffin et qu'on prend dans les bras sans savoir quoi faire de lui.

Billy essaie dans *Vulnérables* de réintégrer le sein familial, qu'il a fui à la dérive, en exerçant une vengeance brutale et vaine. Il rouvre de vieilles plaies, dévoile les secrets anciens. Hésite devant la main que lui tend une femme.

Et toujours, dans ces deux romans, une tension permanente qui menace de faire éclater une violence plus grande encore que celle que subissent au quotidien les protagonistes de ces tragédies. Tension d'autant plus redoutable que Richard Krawiec accompagne ses personnages avec une empathie permanente, révélant toujours leur humanité, n'oubliant jamais la dignité à laquelle ils ont droit, êtres de papier, certes, mais si puissamment incarnés.

Ce souci de la dignité humaine, cette puissance d'incarnation, cette justesse de l'écriture dénuée de tout pathos, on les retrouve, sublimés, dans *Paria*.

Dès les premières pages, le narrateur, Stewie, a une confession à faire : « Je suis au courant de certaines choses, et personne ne le sait. (…) C'est vrai, je fais des cauchemars, je me réveille avec des rémanences de lames ensanglantées (…). Je les veux, ces souvenirs, parce que je ne veux pas l'oublier, elle. »

S'ensuit le récit d'un crime barbare, commis en 1967, dans le local technique d'un lycée, dont la victime, âgée de quinze ans, s'appelait Masha Kucinzki. Ce pourrait être le point de départ d'un roman noir comme on en lit beaucoup : une enquête, des suspects, un contexte social, de troubles motivations criminelles. Krawiec n'élude pas ces codes, ni ne joue avec. Son narrateur ne se contente pas de raconter : il vit, il revit sans fin ce drame, déchiré qu'il est entre la naïveté du jeune garçon qu'il était au moment des faits et l'implacable lucidité de l'adulte d'âge mûr décidé à tout dire. Masha était son amoureuse et ces deux-là se sont aimés, envers et contre les adultes, malgré les mauvais génies, les haines communautaires, le racisme systémique.

Masha et Stewie s'aiment comme on se sauve, si jeunes et pourtant blessés déjà, jamais dupes des pièges qui se tendent autour d'eux, traînant chacun après soi sa part d'ombre, comme s'ils essayaient de retrouver un peu d'innocence dans une société où coupables et victimes se confondent et se combattent à fronts renversés.

Paria est traversé par des moments de bonheur bouleversants qu'on a envie de voir se prolonger tant il paraît simple d'être heureux, et par des éclats de violence terribles qu'on redoute à chaque page à cause de cette tension permanente du récit. Il est rare qu'un romancier soit à ce point capable de montrer et de dire, surtout, la violence infligée et la souffrance qu'elle provoque, en des moments où les personnages semblent sortir de leur humanité pour n'être plus que des prédateurs ou des proies.

Ni mièvrerie, ni pathos, ni complaisance.

Pudeur et lucidité.

En grand écrivain, Richard Krawiec a écrit un magnifique roman d'amour. Mais d'amour empêché, interdit. Par la lâcheté, la haine. Où les cœurs purs peuvent pourrir en quelques jours, contaminés par la gangrène sociale.

« Aujourd'hui, dit Stewie au début de son récit hanté, je parle pour laisser une blessure. »

Il nous invite à suivre cette trace et ses mots font du mal, et son écriture, belle et profonde, fait du bien.

Hervé Le Corre

Né en 1955 à Bordeaux, Hervé Le Corre est notamment l'auteur de *Prendre les loups pour des chiens* et *Après la guerre*. Son dernier roman, *Dans l'ombre du brasier*, est paru en 2019 aux éditions Rivages.

1

Je suis au courant de certaines choses, et personne ne le sait. Aujourd'hui j'ai décidé de tout coucher sur le papier, mais pas pour les raisons habituelles.

Mon ego n'est pas un moteur à charbon qui aurait besoin d'être alimenté histoire de bondir et hurler, tout fier de lui.

C'est vrai, je fais des cauchemars, je me réveille avec des rémanences de lames ensanglantées, mais je ne cherche pas la catharsis, je ne cherche pas à arrêter les souvenirs qui me laissent agité de larmes sur les draps trempés de sueur. Je les veux, ces souvenirs. Ils sont peut-être horribles, mais je ne veux pas qu'ils s'arrêtent, parce que je ne veux pas l'oublier, elle.

Je ne fais pas ça pour rétablir la vérité ou pour la postérité. Quand bien même j'aurais un héritage à laisser, tout le monde s'en moquerait. La postérité, elle se fout pas mal de moi. De nous tous, en fait.

Vous devez me trouver pompeux, ou cynique. Ce n'est pas fait exprès. Ces événements sont lourds d'émotion, et il est possible que j'essaie de m'abriter derrière les mots, un peu comme les sportifs qui parlent d'eux à la troisième personne quand on les interroge sur la pression qu'ils ressentent.

J'ai bien réfléchi avant de me décider à parler. Si je veux rendre publique la vérité, c'est simplement pour qu'elle soit lâchée. Enfin, vérité n'est peut-être pas le mot – Ponce Pilate avait raison, qu'est-ce que la vérité ? Je parle pour exposer des informations, mon savoir. Je suis convaincu que le savoir est semblable à l'arbre qui tombe dans la forêt ; la question n'est pas de savoir si l'arbre fait du bruit quand il n'y a personne pour l'entendre. Bien sûr, il fait du bruit. Il se déchire, il crie en arrachant les branches des autres arbres, en écrasant la végétation.

Non, la question n'est pas l'existence de ce bruit, ni ma capacité à le percevoir. Ce qui compte, c'est l'effet que produit la chute de cet arbre sur ce qui l'entoure. Ce qui compte, ce sont les dégâts, et ce qui en résulte. Le processus de décomposition et de croissance que nous ne parvenons pas à relier à la chute de l'arbre. Cela étant, la nuit, parfois je me réveille en sursaut dans mes draps trempés de sueur, comme en pleine poussée de fièvre, et je me demande : Et si les causes n'existaient pas ? Et si l'arbre se contentait de tomber ?

Qu'est-ce que j'essaie de dire ?

Lorsque j'étais en première année à la fac de Massasoit, à Bridgewater dans le Massachusetts, j'ai assisté à une lecture d'un poète yougoslave dont le nom m'échappe. Quelques années plus tard il était connu dans le monde entier, mais en 1971 c'était un immigré anonyme qui s'efforçait de survivre aux États-Unis.

Il a lu une demi-heure, des poèmes qui nous sont passés au-dessus de la tête. Il y avait quatorze personnes dans l'assistance, uniquement des élèves de mon cours de littérature. Notre prof était un poète raté et nous avait obligés à venir.

Après sa lecture, le poète s'est soumis aux questions de l'assistance. J'ai levé la main et je lui ai demandé s'il écrivait pour devenir célèbre, pour qu'on se souvienne de lui.

Il avait un visage rond et mince au nez fin. Il m'a adressé un sourire triste et amusé. Son regard gris pâle était renfermé sur lui-même.

« On ne se souviendra pas de nous, il a dit. On ne se souviendra de personne dans cette pièce. Ni dans cette petite ville triste. Ce que nous pouvons espérer de mieux, c'est de laisser une blessure dans le monde. Et si elle est assez grande, il lui faudra du temps pour guérir. »

Aujourd'hui, je parle pour laisser une blessure.

À l'automne 1967, le 14 octobre pour être précis, bien avant l'invention des tests ADN, à 10 h 08 un samedi matin, Masha Kucinzki, une jeune fille de quinze ans, douce, insouciante, parfois réservée, éventuellement naïve mais pas tout à fait innocente, dont la famille venait quelques mois plus tôt d'émigrer de Brzeg, en Pologne, est arrivée au lycée pour y suivre son cours d'anglais hebdomadaire.

Comme le bus la déposait toujours avec cinq minutes de retard à l'arrière de l'école, Masha ne faisait pas le tour jusqu'à l'avant. Elle remontait en courant l'allée en ciment jusqu'à la porte la plus proche de l'arrêt de bus. C'était son habitude, et plusieurs personnes connaissaient cette habitude. Toutes ces personnes étaient là, mais toutes n'étaient pas visibles.

Cette porte n'aurait pas détonné dans une cathédrale. Elle mesurait deux mètres cinquante de haut, en chêne massif couleur marc de café, avec des boulons noirs et de grosses charnières triangulaires. Masha avait besoin de ses deux mains pour l'ouvrir. Elle est arrivée sur un palier dont le carrelage sale dessinait un damier noir et blanc. De là, une volée de marches menait aux classes du premier étage et une autre au sous-sol où avaient lieu les cours en atelier.

Avant de pouvoir refermer la porte, elle s'est trouvée nez à nez avec un garçon qu'elle connaissait. Ou peut-être plusieurs. Personne ne le sait vraiment. À part les personnes qui étaient là.

Elle a peut-être laissé échapper un couinement de surprise, mais ce qui est certain c'est qu'elle n'a pas eu le temps de dire un seul mot. Parce que le garçon – admettons qu'il n'y en ait eu qu'un seul – l'a attrapée et l'a projetée si fort qu'elle a dévalé la moitié des marches. Il s'est rué à sa suite, a empoigné ses longues boucles blondes, l'a poussée et fait rouler, rebondir sur les marches en ciment, jusqu'à l'obscurité humide du couloir du sous-sol désert. Tout est arrivé si vite, quelques secondes à peine, qu'elle n'a même pas eu le temps de crier.

Voici un détail que le journal a omis de mentionner : le verrou du placard à fournitures avait été cassé par des garçons venus voler des bidons d'un lubrifiant industriel qu'ils surnommaient Henry. Ils le sniffaient après les cours sur un terrain de sport des environs parce que le produit les faisait rire, baver et perdre connaissance. Les classes étaient surchargées et le directeur avait des problèmes plus urgents que le remplacement du verrou d'un espace de stockage.

Dans le placard, Masha a été poussée, coincée entre des piles de bidons de lubrifiant et de colle, frappée à coups de poing et de pied jusqu'à ce qu'elle s'écroule à demi consciente sur le sol crasseux. L'air sentait le renfermé et les crottes de souris. Des cafards détalaient sur le ciment peint, escaladaient les bidons et les murs. Ils étaient si nombreux qu'on entendait les petits grattements de leurs pattes chaque fois qu'on s'arrêtait pour reprendre sa respiration.

L'agresseur de Masha lui a cogné plusieurs fois la tête contre le sol et à la fin sa bouche est restée ouverte comme une porte forcée. Il a dû sentir, conformément au rapport du médecin légiste, la peau de son cuir chevelu se fendre, se relâcher, donner l'impression qu'elle allait se détacher de l'os. Je pense qu'une noirceur lubrique est alors venue voiler son regard et lui a permis de continuer, de continuer à attaquer, et quand ça a été terminé, le souffle court, il a laissé le sang chaud sécher et poisser sur ses mains. Elle était encore vivante, mais hébétée, incapable d'appeler à l'aide. C'est là qu'il a sorti le couteau.

D'après les enquêteurs, il a ouvert sa jupe d'un coup de lame, fendu sa culotte, et il y est allé tellement fort que l'os pelvien a été fracturé. Pour finir, il l'a poignardée méthodiquement à trente-deux reprises. Mais il est aussi possible qu'il ait infligé les coups de couteau avant. Personne ne le sait. Enfin, personne à part…

Il s'en est allé l'air de rien, ou du moins il a essayé, mais il a laissé des traces de pas ensanglantées dans deux directions, vers les toilettes des garçons et dans l'escalier jusqu'à la porte. Il a abandonné Masha dans une flaque qui s'élargissait, dans son souffle et son sang qui la fuyaient.

Il n'a fallu que deux heures à la police pour arrêter Emmett Turner, un garçon de quinze ans que les articles de presse ont qualifié de « coloré ». Selon le journal, Emmett était « attardé » et son Q.I. plafonnait à 85. Le journal continuait en évoquant un long passif de comportements antisociaux, sans pourtant citer d'autre exemple qu'un renvoi temporaire en primaire parce qu'il était venu à l'école avec un couteau. Au cours des jours suivant son arrestation pour l'agression de Masha, Emmett a été accusé d'avoir participé à une autre agression sur trois garçons blancs qui achetaient des cadeaux de Noël pour leur mère. J'étais l'un de ces garçons.

Le journal n'a pas précisé qu'aucun témoin ne s'est présenté, et qu'on n'a jamais retrouvé aucun couteau ni goutte de sang sur les vêtements d'Emmett. Pour la police, c'était une affaire vite réglée. Pas besoin de se casser la tête.

Mais la police se trompait. De beaucoup. Au sujet de Masha, d'Emmett, de moi et d'autres, de la ville, et d'une quantité de choses. Quand j'y repense, elle se trompait au sujet d'un monde plein de visages tordus et pervers, de voix criant vengeance, de spectres de haine jaillissant des foules en colère pour tourmenter ceux qui portaient la marque du Paria.

Mais aujourd'hui, alors que je regarde par ma fenêtre les maisons plongées dans l'obscurité, les grandes baraques et les pavillons désertés depuis que la bulle immobilière a explosé au visage de leurs propriétaires, et que les étoiles ont régressé vers le néant compact d'où elles venaient, me laissant seul, dernier survivant, sauvé par celui que j'étais devenu, par ce que j'avais su – je n'arrive pas à cesser de penser à ce qui m'a sauvé, et qui n'a sauvé personne d'autre. Les parties de l'histoire dont certains ont peut-être une vague idée, mais sans les connaître en entier. Les murmures et les rumeurs, mais pas ça…

Masha Kucinzki ? Sortez les violons, allumez des bougies, jouez des morceaux ringards – tous les clichés que vous voulez. Mais pendant l'automne 1967, elle a été ma petite amie secrète, le premier et le seul véritable amour de ma vie.

Quant à Emmett Turner, il croyait bêtement que j'étais son meilleur ami blanc.

2

Ça semble évident aujourd'hui – il fallait que ça se termine par une émeute, des immeubles en flammes, des corps dans les rues comme des poupées de chiffon, partout de la haine.

Mais les choses n'ont pas toujours été ainsi. On nous a menés comme du bétail jusqu'à l'abattoir de la haine.

Au début, les habitants de ma ville, horrifiés et indignés, se sont mobilisés en soutien à Masha. Les rues grouillaient de hochements de tête, de doigts dressés et d'onomatopées compatissantes à propos de cette pauvre Masha. Quelle gentille fille c'était. Et « ces gens » qui lui ont fait ça. Cette agression servait de preuve que les préjugés et la haine étaient justifiés. Des slogans du style RETOURNEZ EN AFRIQUE ou DEHORS LES NÈGRES étaient peints sur les arrêts de bus, dans les tunnels ferroviaires, les immeubles abandonnés et les logements sociaux de toute la ville. Des hommes, la plupart au chômage, ont manifesté devant la prison où Emmett était détenu, exigeant qu'il soit jugé comme un adulte et exécuté. Leurs pancartes représentaient des bonshommes en bâtons, avec des cheveux crépus et de grosses lèvres, un nœud coulant autour du cou.

Des femmes en robe d'intérieur à fleurs, les cheveux

enroulés dans des bigoudis et cachés sous des foulards, ont organisé des veillées aux chandelles devant l'appartement de Masha. La famille a été submergée par la quantité de cartes, de fleurs, de plats et de gâteaux qu'elle a reçus. Le père de Masha a demandé publiquement que cela cesse. « On en a trop, on distribue, on jette, mais ça continue. »

C'est après cette intervention du père que l'attitude de la population a commencé à changer. Les gens n'aiment pas entendre que leur compassion est malvenue. Une touche de mépris s'est immiscée dans les conversations portant sur l'affaire. Les parents se plaignaient que la famille de Masha dédaigne le soutien qu'on lui offrait. J'ai entendu plus d'une personne dire : « Faut pas s'étonner, ils se prennent tous pour des princes. Ils veulent quoi, du homard ? »

À l'école, les blagues sur les Polonais se sont mises à fleurir. *Tu sais comment on fait sortir un Polack d'une baignoire ? Suffit d'y jeter un savon. Tu sais quelle forme ça a un peloton d'exécution en Pologne ? Un cercle. Qu'est-ce qui est long et dur et qu'une Polonaise reçoit le jour de son mariage ? Un nouveau nom de famille.*

À table, pendant les repas, les hommes disaient que les nouveaux arrivants n'étaient pas « de vrais Américains ». On sous-entendait que ces immigrés récents ne méritaient pas le même niveau de considération que les autres contribuables. « Ils descendent à peine du bateau. Qu'ils travaillent un peu, et après on les traitera comme des gens normaux. » « Ils croient qu'ils peuvent débarquer ici et prendre nos emplois. » « À leur avis, qui est-ce qui paye les soins de la fille ? » « Qui c'est qui va devoir raquer ? Toujours les mêmes. Nous ! »

Au cours d'une de ces conversations, ma mère a lâché avec un soupir : « Mais qu'est-ce qu'on peut y faire ? Elle y est pour rien dans ce qui lui est arrivé, la pauvre fille.

— À force de se coiffer à la Marilyn Monroe, ça lui pendait au nez, a répondu mon père. Et en plus, d'après les gars de l'usine, le basané c'était son petit ami. »

Voilà l'histoire qui s'est répandue dans toute la ville comme une traînée de poudre. La victime d'une agression violente est devenue un « cas social », une blanche irrévocablement « polluée » par ses rapports sexuels avec une personne d'une autre race.

À cette époque, même chez les lycéens, la croyance populaire voulait que « une fois qu'on a goûté au noir, on ne revient plus au blanc ». On le savait de source sûre, de même qu'on savait que les « tarlouzes » mettaient du jaune le jeudi. Des préjugés déguisés en sagesse.

Le problème était maintenant que l'exemple de Masha risquait de se montrer dangereux. Imaginez un peu, d'autres blanches pourraient se mettre à penser qu'il était acceptable de coucher avec « ces gens-là ».

Ces réflexions tourbillonnaient au coin des rues, attendaient tapies dans les couloirs du lycée, trônaient au centre des tables. On sous-entendait ouvertement que Masha avait mérité ce qui lui était arrivé, voire qu'elle l'avait encouragé. Aux yeux des gens, ça prouvait que les Polacks, les derniers arrivés dans ma ville, étaient une population corrompue.

Tous les soupçons ont été confirmés le jour où cette même rumeur, ces mêmes arguments, sont apparus dans « Le mot de KDD », l'édito hebdomadaire écrit par le rédacteur en chef du journal, Ken Dashiel Dalton. Son édito s'ouvrait sur deux petits mots : « Et si… » et se refermait sur une question : « Les bons citoyens de ma ville ont-ils besoin de ça dans notre ville ? » Dans un addendum, les gens étaient invités à venir faire connaître leur avis le dimanche suivant lors d'un rassemblement à Freedom Park, le lotissement en face du Village, le ghetto où s'entassaient les immigrés européens.

J'ai envie de croire que si M. Dalton avait su l'effet que produirait son édito, il ne l'aurait jamais écrit. Mais il l'a écrit. Et son effet a été dramatique.

3

Ma relation avec Emmett Turner a débuté par des donuts et de la compassion, et elle s'est achevée par une trahison.

Quand j'avais six ans, j'ai manqué une semaine d'école à cause de la varicelle. Malgré la maladie, j'étais content de passer du temps avec ma mère. Elle avait pris quatre jours de congé, contre l'avis de mon père. Le premier soir, alors que j'étais couché dans le garde-manger reconverti en chambre, luttant contre l'envie de gratter les boutons rouges qui avaient surgi sur mes bras et mon ventre – « Vas-y, gratte-les si tu veux que ça s'infecte et que ça te tue, avait dit mon père. Moi je m'en fous. C'est ta vie » –, je les ai entendus se disputer dans la cuisine.

« Tu pars trois, quatre jours, et ils vont t'oublier, disait mon père, la voix aussi intense que s'il criait, alors que ce n'était guère qu'un murmure rauque. Va y avoir cent personnes qui vont se battre pour ton poste. Ils auront pas de mal à trouver quelqu'un d'aussi bon que toi.

— Aussi bon peut-être, mais sûrement pas aussi jolie », a répliqué ma mère. Du haut de mes six ans, je n'ai pas compris qu'elle plaisantait. Mon père aussi s'est mépris, manifestement, mais pas de la même façon.

« Ça veut dire quoi ça ? Me dis pas…

— Non, Jake, bien sûr que non. T'as perdu ton sens de l'humour ?

— Donc maintenant je te fais rire ?

— C'est pas ce que j'ai dit.

— Tu parles de remuer les fesses devant ton patron et c'est censé être drôle ?

— Je te parle pas de remuer les fesses. Les autres pensent ce qu'ils veulent, j'y suis pour rien. Je peux dire non, mais ça empêchera pas Herr Klimt de se faire des idées. Je le vois bien le matin, quand il a son sourire tout gluant. Et ses grosses mains serrées. »

Je savais que Herr Klimt était le surnom qu'elle donnait à son patron parce qu'il menait l'usine à la baguette. À part ça, je ne comprenais rien de ce qu'elle disait. Un sourire gluant ? Des mains serrées ? Des idées ? J'ai attendu la réponse de mon père, dans l'espoir qu'elle m'éclaire. Mais il a gardé le silence un long moment. Quand il a fini par ouvrir la bouche, ça ne m'a pas aidé.

« Et donc, quoi, t'auras une dette envers lui ?

— Non ! Je lui devrai rien du tout. Tu peux avoir une belle image accrochée au mur et aimer la regarder, c'est pas pour ça qu'elle te doit sa beauté. Bon Dieu, les hommes, je vous jure. Laisse-le penser ce qui lui chante. Il peut me forcer à rien du tout. Mais je vais m'en servir contre lui-même.

— Aaah, a dit mon père, avec une pointe d'amusement. Mais c'est pas les belles images qui manquent. Qu'est-ce qu'elle a de si spécial, la tienne ?

— Tu me poses vraiment la question ? » Sa voix est devenue plus grave, plus douce. « Elle a ça, a dit ma mère. Et ça aussi. » Ils ont ri tous les deux. Ensuite j'ai entendu un bruit de baiser et des frottements de tissu.

« T'es à moi, et s'il pose la main sur toi… a dit mon père. Le premier qui pose la main sur toi… je le tue.

— Je suis perdue, a dit ma mère. Je crois qu'il faudrait que tu me montres ce que tu ne veux pas qu'il fasse. Comme ça je saurai. »

Il a eu un rire lubrique. « Tu es une vilaine fille.

— C'est pas pour ça que tu m'as épousée ? » Elle a ri.

« Mais t'es que pour moi. »

J'ai entendu qu'ils se retiraient dans leur petite chambre. Des bruits me sont parvenus – grincements de ressorts et chocs humides – que j'entendais souvent quand j'angoissais dans mon lit alors qu'ils pensaient que je dormais depuis longtemps. Mais ce soir-là, ce n'était pas l'école qui m'inquiétait, ni mes amis, ni l'origine des bruits que faisaient mes parents, c'était ce que mon père avait voulu dire quand il avait traité ma mère de « vilaine fille ». Et pourquoi est-ce que ça lui avait donné envie de l'épouser ? Pourquoi est-ce qu'elle avait ri ?

Le lendemain matin, j'ai rangé mes peurs au fond de mon crâne. Je suis sorti de ma chambre, encore ensuqué, pour prendre mon petit-déjeuner composé d'un toast et d'un verre de lait. Ma mère chantait dans la cuisine. Elle s'est penchée et m'a embrassé. « Je vais rester à la maison pour m'occuper de toi. »

J'étais fou de joie. Je croyais qu'elle faisait ça parce qu'elle voulait que nous passions du temps ensemble. J'ignorais qu'elle était enchantée d'être débarrassée de l'usine pendant quelques jours.

Elle a profité de la matinée pour prendre un long

bain pendant que je regardais des dessins animés – Bugs Bunny, Vil Coyote et mon préféré, Beany and Cecil.

Après son bain, elle s'est étendue sur le canapé dans son peignoir en coton matelassé bleu, pour faire des mots croisés. J'ai mis mon chapeau de cow-boy et fourré dans ma ceinture mon six-coups argenté et le couteau Bowie en plastique jaune qui était mon jouet favori. Le fauteuil près de la fenêtre est devenu mon Fort Alamo. J'étais Davy Crockett, je charcutais les Mexicains qui grimpaient sur leurs échelles, essayaient de se faufiler par la fenêtre et de s'emparer du fort, ma maison. Je protégeais ma mère. Je la protégeais des étrangers qui nous envahissaient.

À midi, nous avons mangé ensemble une soupe Campbell's à la tomate et un croque-monsieur. Je me suis régalé, car ce n'était pas un déjeuner qu'on peut apporter à l'école dans un sac en papier. Je me racontais que c'était ma récompense pour l'avoir sauvée des assaillants à la peau sombre. Je songeais qu'il était normal qu'elle n'ait pas grand-chose à me dire. Elle avait encore peur. Et de toute façon, après cette bataille, les cow-boys étaient trop fatigués pour parler.

L'après-midi a été moins mouvementé. J'étais malade, et ma mère a insisté pour que je fasse la sieste. À mon réveil, j'ai entendu le dialogue animé de deux personnages d'un feuilleton que regardait ma mère – elle suivait *Les Feux de l'amour*, *Des jours et des vies*, et *Hôpital central*. Elle m'a donné un cahier de coloriage et des crayons pour m'occuper pendant qu'elle regardait la télé en tirant paresseusement sur une cigarette, avançant la lèvre inférieure pour souffler un cône de fumée gris-bleu vers le plafond.

« Tu n'as pas idée, m'a-t-elle dit pendant la pub.

— De quoi ? » J'ai levé le crayon vert de la feuille.

« De ce que ça signifie pour une femme. » Elle a désigné les mots croisés sur le canapé, la télé, la salle de bains derrière son épaule. « D'avoir du temps. De prendre soin de soi. »

Elle avait raison. Je n'avais aucune idée de ce dont elle parlait.

Nous avons dîné rapidement à 17 h 30, pour que mon père ait le temps d'engloutir son repas entre son travail de jour à l'imprimerie et son travail de nuit à la station-service. Ensuite, ça a été l'heure des trois B – bain, bouquin, bonne nuit.

Les jours suivants se sont déroulés sur le même schéma. Ça n'a l'air de rien, mais j'en garde un des souvenirs les plus heureux de mon enfance. J'aurais donné n'importe quoi pour que ça ne s'arrête jamais. Mais au bout de quatre jours, j'étais guéri et je pouvais reprendre l'école.

Mon père m'avait acheté une demi-douzaine de donuts pour mon goûter. Mais c'est ma mère qui me les a donnés et j'y ai vu un cadeau spécial qu'elle me faisait, une manière de me montrer combien elle avait apprécié ces moments. Je me suis dit que je n'allais pas les manger, que j'allais les montrer à mes copains puis les rapporter et les cacher, les garder pour toujours dans leur sachet blanc histoire de me rappeler à quel point elle m'aimait.

C'est là qu'Emmett Turner entre en scène.

À l'époque, il était normal que les enfants aillent seuls à l'école. Mes trois kilomètres et demi de trajet me faisaient emprunter un chemin de terre qui longeait les lotissements et traversait le Marais, une zone envahie par la végétation où, d'après la rumeur, vivait une folle qu'on appelait la Guêpe verte. On racontait que c'était une Gitane qui enlevait les enfants, les découpait en petits morceaux avec un couteau de boucher chinois et les faisait cuire dans un énorme chaudron noir dans lequel elle mettait autrefois les esclaves en cavale.

L'entrée du Marais se trouvait juste après les lotissements, et les enfants attendaient, en groupe, jusqu'à ce que quelqu'un dise : « On y va. » Là, tout le monde s'élançait en criant sur les cent mètres de sentier qui traversaient le Marais.

Après ça, la route redevenait pavée, bordée de pavillons neufs. Ils étaient tous peints en blanc, avec des finitions noires, rouges ou bleu foncé, au choix.

En ce jour de reprise, j'ai traîné à me préparer. J'ai picoré mon petit-déjeuner, je me suis plaint d'être encore malade, d'avoir de la fièvre. Pour vaincre ma résistance, ma mère a accepté de m'accompagner jusque sur le perron de notre immeuble. Puis elle s'est dépêchée de rentrer et a claqué la porte. Elle est allée à la fenêtre près de la porte et, de la main, m'a fait signe de décamper. J'ai regardé ses lèvres rouges et pleines qui articulaient : « Allez, file. Moi aussi je dois reprendre ma vie. »

Je me suis mis à courir. Et pendant que je courais, j'ai commencé à avoir peur. Si j'arrivais en retard, je devrais traverser seul le Marais. J'ai dépassé les lotissements sans voir personne devant moi. J'ai senti la peau de mon visage se crisper et j'ai cru que j'allais fondre en larmes. Et puis j'ai repéré Emmett et mon visage s'est détendu en un grand sourire.

Nous étions placés côte à côte dans la classe de Miss Sullivan. J'étais un garçon calme et studieux, ma bonne conduite motivée par mon désir de plaire à l'institutrice – autant, du reste, qu'à n'importe quelle figure d'autorité. Emmett était taquin, énergique, curieux, il était du genre manuel et ne tenait pas en place.

Évidemment, il était considéré comme un enfant à problèmes.

Ces traits de caractère étaient mal vus dans les écoles publiques. Les notions d'apprentissage kinesthésique et tactile étaient virtuellement inconnues. Il ne fallait pas bouger, pas faire de bruit et pas poser de questions. Emmett passait pour un chahuteur qui perturbait la classe, embêtait les autres et les incitait à faire des bêtises.

Mais peu importe qu'on lui crie dessus, ou qu'on l'envoie chez le principal parce qu'il s'était levé de sa chaise, ça ne semblait jamais le troubler. Il gardait son sourire décontracté et éclatant, un croissant de lumière qui élargissait son visage en poire.

C'était exactement le type de garçon que j'admirais, le type de garçon que j'aspirais à être. Joyeux, intrépide, insouciant.

« Grouille-toi, Stewie, il a dit en me voyant approcher. Je t'attendais. »

Je ne pigeais pas. Comment pouvait-il savoir que j'allais revenir ce jour-là ? Je n'ai rien dit. Il était assis sur une souche au bord du chemin, tournant le dos à l'épaisse rangée d'arbres. En voyant ça, je me suis raidi. J'ai dit : « Tu devrais faire gaffe, la Guêpe verte pourrait t'attraper par surprise. »

Il a ri et gratté les boucles noires compactes qui poussaient sur son crâne. « Elle me fait pas peur. J'ai ça. » Il a plongé la main dans la poche de son pantalon en velours marron clair dont les genoux étaient usés à la corde. Il en a sorti un rectangle vert étincelant, de dix centimètres de long, avec un bouton en argent à une extrémité. Lorsqu'il a appuyé sur le bouton, il y a eu un clic. Il a donné un coup de poignet ; une lame incurvée et pointue a jailli, aussi brillante que du papier aluminium.

« Ma mère me l'a envoyé pour mon anniversaire », il a dit. J'ai ressenti une pointe de jalousie. Ce qu'il a dit ensuite a suscité en moi un mélange d'excitation et de peur. « Avec ça, la Guêpe verte viendra pas nous chercher des ennuis, Stewie. On y va. »

Il a pris ma main droite dans sa main gauche et nous a menés, à toute allure, de l'autre côté du Marais. De la main droite, il décrivait des arcs serrés avec la lame du couteau qui reflétait les rayons du soleil. Ma respiration est devenue hachée, et pas uniquement à cause de la course. Je regardais partout, espérant que la Guêpe verte nous poursuive. J'imaginais Emmett lui donner des coups de couteau, la repousser dans le Marais, me protéger. J'aimais l'idée qu'Emmett soit mon protecteur. J'avais l'impression que je lui appartenais et qu'il veillait sur moi.

En arrivant sur la route pavée, on s'est arrêtés de courir mais on a continué à se tenir par la main, on a ri et plaisanté jusqu'à l'école. Avant de s'engager dans l'allée qui descendait en lacets vers le parking, Emmett a rangé son couteau. « Tu le dis à personne, il a chuchoté en posant un long doigt osseux sur ses lèvres. On est amis, hein ? »

Sa manière de me demander si nous étions amis m'a donné l'impression qu'il craignait ce que je savais. Qu'est-ce que je savais ? Je savais qu'Emmett avait un couteau ; et je savais qu'il était interdit d'apporter un couteau à l'école.

En voyant son air inquiet, j'ai compris que ce que je savais était une forme de pouvoir, une force que je possédais, qui me donnait un avantage sur lui. Mais je ne connaissais pas encore le désir qui allait avec le pouvoir, un désir autoalimenté d'être utilisé, de même qu'une charge électrique n'a d'autre choix que de se concrétiser en éclair. Je ne pouvais pas deviner que j'allais bientôt me servir de ce pouvoir, ni que les conséquences seraient dévastatrices.

Dans notre école il y avait un système pour organiser l'entrée en classe. Tout le monde devait se mettre en rang sur l'esplanade d'asphalte blanchie, devant le bâtiment à un étage en brique fauve, au pied des larges marches qui menaient à trois imposantes doubles portes en chêne. Les rangs étaient par ordre croissant de niveau. Les petites classes entraient par la gauche, c'est donc de ce côté que nous nous mettions en rang. Les classes intermédiaires prenaient les portes du milieu, et les grandes celles de droite.

Emmett et moi étions près de la fin du rang le plus à gauche. Je pensais au cadeau que sa mère lui avait offert, et je le comparais à ceux que m'offrait ma mère. Je me suis dit que la mienne avait raté le travail pour rester avec moi, et c'était mieux que n'importe quoi d'autre ; et elle m'avait donné des donuts. J'ai eu envie de les montrer à Emmett. C'est là que je me suis aperçu que je ne les avais pas. Est-ce que je les avais fait tomber en route ? J'ai fermé les yeux et je me suis repassé tout le trajet. Je me suis revu sur le perron, les bras ballants, en train de regarder ma mère dire : « Allez, file. » Puis j'ai visualisé le sachet blanc dans la cuisine, sur le plan de travail, à côté de l'égouttoir. J'avais laissé mes donuts à la maison.

Comment décrire la panique d'un garçon de six ans ? Mon cœur allait exploser dans ma poitrine. Avec cet oubli je trahissais l'amour de ma mère, ce qui prouvait que je n'étais pas digne de son affection. J'ai eu un hoquet douloureux. Mon ventre s'est noué. Je me suis plié en deux et je me suis mis à pleurer, et mes larmes ont coulé sur le bitume délavé.

J'ai senti la main chaude d'Emmett qui me tapotait le dos. « Qu'est-ce qui va pas Stewie ? Y a un problème ? » Il est sorti du rang pour se pencher jusqu'à mon visage.

Je n'arrivais pas à parler. Je ne pouvais pas lui expliquer. Et sa sollicitude ne faisait qu'empirer mon angoisse.

À l'avant, j'ai entendu une femme, une instit, hurler : « Toi là-bas, rentre dans le rang ! »

En réponse, Emmett a crié : « Y a Stewie qui pleure », et sa main sur mon épaule ne bougeait plus et me réchauffait. Avec l'autre, il a touché mon front. L'instit a encore crié et il a répondu, encore plus fort : « Y a Stewie qui pleure ! Y a Stewie qui pleure ! », insistant pour être entendu.

J'ai senti que les autres se rapprochaient. J'ai levé les yeux et vu un cercle de visages flous, sourcils froncés par l'inquiétude et la confusion. Un instit a lancé : « Dans les rangs ! Tout le monde retourne dans son rang ! »

Emmett, inébranlable, a répété : « Y a Stewie qui pleure ! »

Le murmure a enflé, eau abordant une cascade. Puis un bruissement s'est élevé, celui des corps qui s'écartent, se massent pour libérer le passage. Les visages se sont dispersés, écume emportée par le vent.

Seul Emmett a tenu bon, il répétait son mantra, « Y a Stewie qui pleure, y a Stewie qui pleure », et refusait de lâcher prise tant que mon chagrin n'aurait pas été reconnu.

« Enlève tes mains de là », a dit une voix irritée.

J'ai relevé la tête et vu notre principal, le Dr Hunt, un homme au visage pincé, à la bouche amère, au menton pointu, au visage gardé par un mur de poils raides comme pour protéger ceux, rasés, qui couvraient son crâne. Il avait des petits yeux noisette perçants. « Qu'est-ce qui se passe ici ? »

Je pourrais prétendre que j'ai été encouragé par les histoires qu'on raconte sur le Dr Hunt, les histoires de coups de ceinture, d'enfants traînés par les oreilles ou les cheveux, poussés contre les murs pour avoir parlé dans les rangs. Mais ce serait un mensonge. L'idée qui m'est venue – dans ma logique d'enfant de six ans – a été que je pourrais courir chez moi et revenir avec les donuts pour lui montrer, leur montrer à tous combien ma mère m'aimait, et tout irait bien, ils comprendraient. J'ai pivoté et foncé vers l'allée.

Emmett a couru à ma suite en criant : « Stewie ? Attends-moi ! »

Un des pions, un jeune gars aux cheveux gominés, m'a rattrapé avant même que je sois à mi-chemin de l'entrée. Il portait une chemise verte à pois jaunes et, serrée autour du cou, une cravate-ficelle fermée par une attache en onyx. Il a remonté ses lunettes à monture noire sur l'arête de son nez, m'a fait un sourire amusé et a dit : « Allez, on retourne voir le Führer. » Plus que tout, c'est son sourire qui m'a effrayé.

Tandis qu'il me ramenait en me tenant par le coude gauche, Emmett a attrapé ma main droite et m'a dit : « T'en fais pas Stewie, je suis ton copain. Je vais pas t'abandonner. »

Entre-temps les enfants étaient entrés et il n'y avait plus personne dans la cour, à l'exception du Dr Hunt. Il se tenait raide, les bras croisés sur le ventre.

« Qu'est-ce que ça veut dire ? » il m'a demandé. Puis, à Emmett : « Toi, va en classe. »

Emmett a serré ma main dans la sienne.

« Pas d'insolence, a dit le Dr Hunt, le cou et les oreilles empourprés, presque noirs. Tu cherches encore les ennuis ? Il faut que j'appelle ta grand-mère ?

— C'est mon ami, a dit Emmett. Et ma grand-mère, elle dit qu'on lâche pas ses amis.

— Va en classe, tout de suite. »

Emmett a baissé la tête, serré les lèvres et refusé de bouger. Sa main était chaude et moite.

« Tu viens de te mettre dans le pétrin, fiston. Je m'occuperai de toi plus tard. »

Sans un autre regard pour Emmett, le Dr Hunt a posé les mains sur ses hanches et collé son visage à deux centimètres du mien. « Je t'ai posé une question. J'attends une réponse. Pourquoi est-ce que tu pleures dans mon école ? »

Je ne me souviens pas de ce que j'ai bredouillé. Je me rappelle seulement que des images de règle en bois, de lanières, de branches de saule – des instruments de punition que j'avais vus employés sur d'autres élèves de ma classe et que je voulais éviter –, ont flotté dans mon esprit, et les mots m'ont semblé prendre peur et se cacher. Mon explication a dû être confuse, incomplète. J'ai voulu parler des donuts. Il a évacué cette raison d'un geste de la main. Acculé, j'ai essayé de concocter une histoire crédible. « Une surveillante m'a dit que j'avais l'air malade et que je ferais mieux de rentrer chez moi et… »

Son regard m'a fendu en deux.

J'ai recommencé, tenté d'expliquer que les donuts étaient spéciaux et que je les avais oubliés. Il frottait ses lèvres l'une contre l'autre, l'air incrédule. « Je veux une réponse tout de suite, ou tu viens dans mon bureau avec moi. »

Il y a des moments où la vie bifurque. Avec le recul ils sont faciles à identifier, mais sur le fait, on est tellement pris dans le moment qu'il nous est impossible de reconnaître un événement plus important qu'un autre.

« Tu veux que je m'occupe de toi comme je vais m'occuper de lui ? »

Si le Dr Hunt n'avait rien dit de plus, j'aurais encore pu me taire. Mon esprit était vide de toute idée que j'aurais pu verbaliser. Il m'aurait peut-être emmené dans son bureau, là il aurait effacé mon enfance à coups de martinet, et je serais devenu un de ces gosses maussades et renfermés, éternellement médiocres et impossibles à cerner. Ou bien j'aurais retenu la leçon de la violence et je l'aurais transmise à mon tour.

Mais il m'a posé une question de plus. Sept petits mots. Combien de vies ces mots ont-ils bouleversées ? Une question. Sept mots. Un choix, répondre ou ne pas répondre.

Avec dédain, le Dr Hunt a penché la tête vers Emmett qui me tenait toujours la main, et il a demandé : « Qu'est-ce qu'il a fait ? »

Emmett a serré plus fort.

« Il a fait quelque chose ? » L'inflexion qui aurait indiqué que je posais une question s'est étranglée dans ma gorge.

Le Dr Hunt a tourné vers Emmett un visage agacé. Il a dit : « Fiche le camp d'ici, tout de suite », il a séparé nos deux mains et il a poussé Emmett qui a valdingué sur le bitume.

Après quoi il s'est de nouveau tourné vers moi. « Qu'est-ce qu'il t'a fait ? »

J'aimerais croire que je n'essayais pas de causer des problèmes à Emmett. J'aimerais croire que ma réponse m'a été inspirée par l'instinct de survie d'un garçon de six ans. Est-ce que j'avais le choix face à un pouvoir aussi immense ? Je ne pouvais ni attaquer ni me défendre. Seulement dévier. Sa question m'offrait la possibilité de détourner son attention.

Aujourd'hui encore, certains soirs, seul dans mon lit, quand je me morfonds tout en sachant que ce n'est pas moi qui ai réellement souffert, j'examine la vie d'Emmett et de Masha comme deux fragments de poterie. J'y cherche les fêlures dont je pourrais être la cause.

À cette époque, je comprenais dans une certaine mesure que le Dr Hunt m'offrait davantage qu'un moyen de me tirer d'affaire. Il me tendait la clé ouvrant un couloir sombre et séduisant du comportement humain, un lieu d'évasion et de pouvoir ; un moyen de fuir mes responsabilités personnelles et de faire porter à un « autre » la camisole de la culpabilité.

Le Dr Hunt m'offrait une chance d'utiliser le sous-entendu et l'extrapolation, sortis de tout contexte légitime, pour dénoncer et condamner. Sa question me révélait la force du mensonge et la faiblesse de la vérité. Il attendait une réponse qui soit acceptable à ses yeux autant qu'à ceux de la communauté à laquelle nous appartenions. Sa question était une invitation à rejoindre cette communauté.

Et ma réponse, mon acceptation en quatre mots : « Il a un couteau. »

4

Les couteaux.

Les couteaux.

Je ne suis pas Platon. Mais j'ai quand même eu tout le temps de réfléchir. Ça n'a pas toujours été le cas. Pendant très longtemps j'ai refusé de réfléchir.

Quand j'ai été exclu de la vie politique, j'ai passé des mois à me demander ce que j'allais bien pouvoir faire de ma vie. Personne dans le milieu ne voulait plus m'approcher. Personne ne voulait déjeuner avec moi, dîner avec moi, et rapidement plus personne n'a répondu à mes coups de fil. À croire que ma déveine était une forme de lèpre, incurable et hautement contagieuse.

J'ai commencé à me promener seul au bord de la mer, à aller au musée, à regarder des films au dernier rang des salles de ciné, courbé sur mon pop-corn. Mais au bout d'un moment l'isolement a creusé un vide au centre de moi. Je me suis peu à peu désintéressé de tout. J'ai résilié mon abonnement au journal, au câble, passé des semaines entières à traîner chez moi en pyjama, un verre de bourbon à la main. Et, à son tour, cette diversion elle aussi a perdu son charme.

Je me suis convaincu qu'il fallait que je réintègre

le monde, alors je suis allé tous les jours au Walmart, ne serait-ce que pour parler de la pluie et du beau temps avec des employés sympathiques. Je faisais mes courses repas par repas, m'efforçant de créer l'illusion que je faisais partie d'une collectivité. J'allais prendre mon petit-déjeuner au McDonald's à deux villes de chez moi, où personne ne me connaissait mais où la caissière m'identifiait et me souriait.

Je sais, ça a l'air ridicule, mais il m'a fallu presque un an pour me rendre compte que j'étais absolument seul.

Je me suis inscrit à un cours de peinture et j'ai tenu deux séances. La banque alimentaire était au courant de mon passif et ne m'a pas accepté parmi ses bénévoles. J'ai essayé un club de sport, mais... tous ces jeunes gens, tellement sérieux. Pour finir, j'ai trouvé un truc qui m'a permis de maintenir le désespoir à bonne distance. La marche.

Je me suis mis à marcher entre trois et quatre heures par jour (et je continue). Dans les bois, autour des lacs, sur les plages. Partout où je ne serais pas reconnu. Où il y aurait peu de chances qu'on me reconnaisse. Au milieu d'une marche, je m'arrêtais une heure ou deux pour m'étirer, observer les environs et réfléchir. Je ne vais pas jouer les sages, mais je crois que c'est dans ces pauses que réside le secret de la sagesse. Platon, Aristote, Descartes – ce qui les distingue du reste de l'humanité, c'est leur capacité à rester statiques, à laisser leurs sens absorber le monde qui les entoure et leur cerveau penser au sens de tout cela.

Un jour, j'ai trouvé un Stonehenge miniature sur la berge d'un large torrent marron. Dans un cercle qui avait visiblement abrité le foyer d'un feu – il y avait au centre un trou d'un pied de diamètre, rempli de charbons et de cendres –, quelqu'un avait érigé un demi-cercle de pierres aussi grosses que le poing et surmontées de linteaux en branches. Un petit monument tourné vers l'est, comme pour capter le soleil entre ses colonnes afin qu'il illumine l'offrande au milieu, un amas de capotes usagées, maintenant blanches, irisées et creuses, semblables à des mues de serpents, l'une striée de fines marques de sang séché. J'ai fondu en larmes pour Masha, pour Emmett, pour moi, pour nous tous qui avons survécu, ou non, à cette époque. Je ne sais pas combien de temps j'ai pleuré, mais le soleil était haut dans le ciel quand j'ai commencé et il allait bientôt se coucher quand j'ai terminé. Les rainettes ont entonné leur chant strident, la nuit tombait et je suis resté là à penser.

J'ai pensé aux couteaux.

J'ai découvert en moi cette idée : est-il possible que les choses se produisent parce qu'il y a dans l'univers une énergie dirigée dans une certaine direction ? Le fait que les choses se produisent n'a, en soi, aucune valeur morale. Le jugement est le fruit de la perception populaire. Par exemple, une chose jugée bonne en 1967 – disons le raid contre le Village et les logements sociaux – peut prendre l'aspect inverse trente ans plus tard, car l'énergie de l'univers s'est concentrée ailleurs.

Il en va de même quand nous apprenons quelque chose à notre sujet. Les événements ne changent pas, mais nous, oui.

Il est possible que l'univers explore certains thèmes. Le vert, et une certaine année tout sera vert, les voitures, les pulls, les tableaux exposés dans les galeries. Une autre année, nous serons peut-être inondés d'images d'orphelins – réfugiés, chiens abandonnés, poupées à tête de chou. Pourquoi ? Si ça se trouve, nous achetons du vert à un moment où l'univers explore l'idée de croissance. Si ça se trouve, notre passion pour les orphelins est le reflet de notre propre sentiment d'abandon.

Il y a eu dans ma vie des moments où, durant des périodes précises, l'univers semblait se concentrer sur les sans-abris, ou la famine, ou les femmes qui ont quitté leur famille pour réaliser leurs rêves. Pendant un moment, on voyait des anges partout. Ou bien c'étaient des arcs-en-ciel, des cristaux, des cigares, une poussée d'intérêt pour le SM.

C'est l'existence elle-même qui explore ces thèmes. Peut-être n'est-ce qu'un aspect du mouvement évolutionnaire, et peut-être ne sommes-nous que des pions dans cette exploration. Je crois aujourd'hui que des accords dominants sont posés, des variations explorées, et que nos cellules entrent en résonance avec ces accords, les font sonner dans l'instrument que nous sommes. Et avec le temps, ces thèmes se répandent et s'associent pour engendrer des actes.

Nous avons de la compassion pour les orphelins, mais allons-nous jusqu'à aider les sans-abris ? Nous cherchons à nous épanouir, mais allons-nous jusqu'à lier voiture électrique, cristaux guérisseurs et anges ?

Mais voici où je veux en venir : les couteaux.

L'anomalie des blessures infligées à Masha n'était pas du tout une anomalie. C'était un thème que l'univers explorait. Couteaux, sacrifice humain, Masha. C'était un bref voyage pour nous montrer combien nous avons peu appris, peu progressé.

Il était peut-être inévitable que quelqu'un souffre. Le garçon qui a brandi la lame était peut-être une sorte de Judas. Un coupable, oui, mais avant tout un personnage incarnant son rôle dans la passion que rejoue l'univers.

Avant l'agression de Masha, et pendant les années qui ont suivi, on a vu des couteaux partout, le thème a été longuement exploré. Dans les cours de récré, les garçons reprenaient les chansons de *West Side Story*. À la télé, les gentils jouaient du couteau autant que les méchants. Dans la culture populaire, les Indiens à la peau foncée scalpaient les blancs. Dans les films sur la Seconde Guerre mondiale, nos militaires éventraient d'un coup de baïonnette des Japonais à la peau jaune.

Les forces du bien et du mal telles que nous les avions définies. Planter sa lame dans un ennemi basané était un acte héroïque. Mais lorsqu'un garçon blanc à la peau blanche couverte d'un blouson de cuir noir se servait d'un couteau, nous l'associions aux forces du mal.

Ce jugement nous appartient. L'univers, lui, ne juge pas. Il donne les thèmes. Nous les concrétisons, les explorons, opérons des variations, des changements, des reconfigurations en fonction des tenants du pouvoir, de ceux qui déterminent ce qui est bien et mal, qui sont les gentils et qui sont les méchants. Qui est accepté. Qui est un paria.

Le sexe, bien entendu, était intimement lié au mystère du couteau.

Un article sordide des années soixante racontait qu'un tueur en série avait démembré plusieurs filles avant de leur arracher le cœur et de le manger. À en croire les journaux, c'était une pratique courante en France, terre du romantisme, de l'amour et de la démocratie.

« Pour eux c'est le top du raffinement », a dit mon propre père.

Il y a des années qu'il est mort, mais je le vois encore comme si c'était hier. Petit, râblé, avec un regard bleu dur et péremptoire. Il se tenait au bout de la table de la cuisine, à son poste de commande, et il frottait le couteau à découper sur le long cylindre gris de la pierre à aiguiser. Il souriait tout en affûtant la lame étincelante. « Ouais, ils adorent ça. Ils nous ressemblent peut-être, mais ils sont pas comme nous. » Il a posé la pierre, planté une fourchette dans un rôti aussi gros qu'une miche de pain et en a découpé l'entame ; un sang fluide s'est écoulé dans le plat de service. « C'est des barbares. Au lieu de défendre leur liberté, ils préfèrent boire du vin. » Il a pris une tranche de pain de mie sur le haut de la pile qui se trouvait dans une petite assiette au milieu de la table et il a plongé le pain dans le jus. Il en a léché un peu puis me l'a tendu, à moi son fils sérieux et dévoué. « Y a rien de tel que le sang », il a dit. Il me l'a fourré dans la bouche comme une hostie à l'église, puis il est retourné à sa tâche, tranchant la viande avec la lame du couteau.

La table familiale. Les productions audiovisuelles. Les journaux télévisés. Nos poches. Les couteaux étaient partout. Les suppléments publicitaires regorgeaient d'images d'outils de boucherie. Les catalogues de jouets montraient des petits garçons en gilet de daim et casquette de raton laveur qui brandissaient d'énormes couteaux Bowie. N'importe quel magasin vendait des canifs et des couteaux à lame escamotable.

Masha a été une face obscure de ce thème. Elle a été emportée par un tourbillon.

Quelques années plus tôt, l'histoire de Kitty Genovese, une New-Yorkaise poignardée par un homme qui « voulait juste tuer une femme », en présageait déjà. En deux attaques à une heure d'écart, l'homme a poignardé Genovese dans le dos à de multiples reprises puis il l'a violée. Trente-huit personnes en auraient été témoins et n'auraient rien fait. Est-ce vrai ? La vérité importe peu quand l'univers tisse une histoire.

La décennie s'est achevée sur le meurtre atroce de Sharon Tate par la famille Manson. Enceinte de huit mois et tuée de seize coups de couteau.

Couteaux. Sexe. Couteaux. Race. Couteaux. Violence. L'agression de Masha a été l'écho dans ma ville des accords joués, du thème exploré. Les couteaux c'est sympa. Les couteaux c'est terrifiant. Les couteaux c'est le mal. Les couteaux c'est pour les héros. Les couteaux c'est un rite de passage. Les couteaux c'est pour les sacrifices. Les couteaux c'est le pouvoir. Les couteaux c'est la haine. Les couteaux c'est l'amour.

Je me suis dit que, peut-être, Masha n'était qu'un faire-valoir servant à improviser un solo qui mêlait ces deux thèmes. Il faut tout un village pour, quoi déjà ? Créer ? Détruire ?

C'est ce que je me dis aujourd'hui.

Mais peut-être que je raconte n'importe quoi.

Peut-être que j'ai seulement besoin de croire, histoire de tenir le coup. Comme dit la chanson, c'est jamais la faute à personne. Ou bien c'est la faute à tout le monde. Ou à quelques-uns.

En 1967, rien de tout cela ne m'effleurait. À l'époque, j'étais en butte aux deux problèmes que la plupart des ados de quinze ans doivent affronter : l'amitié et l'amour. Et Masha – bon sang, qu'est-ce que j'étais amoureux d'elle.

5

Elle n'était pas là le jour de la rentrée. Elle est arrivée un mois après le début du deuxième trimestre. Ils l'ont fait venir pendant un cours dans notre salle principale, comme toujours avec les nouveaux. Le sous-directeur, une ombre grise dans ma mémoire, s'est entretenu quelques instants avec notre prof principal avant de repartir, après quoi le prof, le nez dans ses papiers, a désigné la salle d'un geste vague et a dit à Masha : « Trouve-toi une place. »

Elle a balayé lentement la classe du regard, nous jaugeant franchement pendant que nous la dévisagions. Elle avait le visage ovale, la mâchoire douce, des lèvres charnues de la même teinte délicate que les roses-thé que ma mère s'offrait chaque année en juillet pour son anniversaire. Elle avait de petits yeux vifs, gris avec une pointe de bleu. J'aimais ses dents de travers, leur gris clair. Elle en était plus réelle, contrairement à toutes les filles de ma classe qui se brossaient les dents avec un produit abrasif pour les détacher.

Ce que j'aimais le plus chez Masha, c'était ses cheveux : un bouquet de boucles et de vagues blondes qui me rappelaient Jayne Mansfield, une actrice de série B pour qui j'avais le béguin.

Elle m'a souri et elle s'est avancée vers moi. Je me suis senti rougir et j'ai baissé la tête sur mon livre, ouvert à un problème de maths. La sueur perlait sur mon front.

Plutôt que de voir, j'ai senti qu'elle s'arrêtait à côté de moi. « Je faire quoi ? » elle a demandé.

J'ai essuyé ma transpiration et levé les yeux vers elle, un sourire maladroit aux lèvres, mais sans rien répondre.

« S'il te plaît ? Je faire quoi ? a encore demandé Masha. Tu peux aider ? »

Deux rangs derrière, Peter Murphy a fait : « Moi je peux si tu veux. »

À côté de lui, Doyle a lancé : « Tu veux que je te faire quoi, chérie ? »

Mes joues étaient brûlantes, mais je faisais semblant de n'avoir rien entendu. J'ai admiré les yeux de Masha, son sourire aussi confiant et large que la mer. Elle m'a tendu son emploi du temps.

« Oooh, j'ai dit en le prenant. Tu veux savoir où tu dois aller. Là. Première heure, salle 24. » J'ai indiqué le numéro avec mon doigt.

« Oui, je sais ça. Je suis pas… » Elle a souri. « Mais comment je vais ? »

Au fond de la classe, Peter Murphy et Billy Doyle ont pouffé. Ils faisaient partie des rares personnes que je considérais comme des amis, et ça ne tenait pas à grand-chose – je les avais seulement rencontrés en août, alors que je passais les comics en revue chez un bouquiniste. J'étais seul lorsqu'ils étaient arrivés en faisant mine d'être intéressés, mais quand ils se sont séparés, ont pris chacun un côté de la boutique poussiéreuse, le propriétaire, un vieil homme ridé aux épaules tombantes et de travers, s'est redressé sur sa chaise autant que sa colonne vertébrale le lui permettait. Il avait une voix fatiguée, vaincue. « Je vous regarde.

— Ah ouais ? » a fait Murphy, et il s'est dirigé vers la caisse en roulant des mécaniques. Il a tapé du poing sur le comptoir. « Et si je te regardais prendre mon poing dans la gueule ? » L'homme a détourné le regard vers la fenêtre sale qui donnait sur une rue déserte, l'air de se demander pourquoi sa vie était comme ça.

Doyle s'est faufilé derrière moi, m'a fourré une liasse de comics dans le creux du bras et m'a soufflé à l'oreille : « Mets-les dans ton futal et rejoins-nous dehors. »

Il s'est éloigné puis il s'est retourné, a reculé de quelques pas et a ajouté : « Sinon on te défonce. »

Je me suis exécuté et ils m'ont obligé à retourner directement dans le magasin pour refourguer les comics parce qu'ils savaient que le vieil homme paierait. Après ça, ils se sont dit que je pourrais leur servir, que j'étais un visage innocent à qui personne ne posait de questions, et je voulais tellement avoir des amis que j'ai joué le jeu. Cigarettes, fringues – je prenais pour eux tout ce qu'ils pouvaient revendre dans la cité, je faisais tout ce qu'ils me disaient, et lorsque Doyle a apporté un gros bout de shit, je l'ai pris aussi. C'était toujours mieux que de rester seul chez moi.

Mais là, j'aurais aimé qu'ils la bouclent.

« Est-ce que tu peux montrer ? m'a demandé Masha, qui continuait à me regarder en souriant.

— Vas-y, Stewie, montre-lui ! » a crié Doyle. Je me suis retourné et je lui ai décoché un regard noir. Il faisait un mouvement de va-et-vient avec sa main.

La cloche a sonné. Un bruit fort, dissonant, plat, qui me faisait toujours sursauter. Masha a posé la main sur son sein gauche et regardé autour d'elle, l'air de chercher la source du vacarme.

« Fais-lui un massage cardiaque, Stewie ! » a crié Doyle en remontant l'allée avant de me gifler l'arrière du crâne avec son cahier. Murphy m'a mis un coup dans le bras et a dit : « Partage avec les copains. »

Doyle s'est arrêté, l'a détaillée des pieds à la tête. « Canon », il a dit. Puis, à Masha, il a répété : « Canon. »

Masha l'a fixé sans broncher, ainsi que Murphy derrière lui. Il n'y avait pas de réprobation sur son visage, uniquement de la curiosité avec un brin d'amusement. Elle les regardait comme on regarde un enfant qui fait une bêtise. Et vu qu'elle ne disait rien, ça les a mis mal à l'aise et ils ont gagné la sortie. Masha les a regardés passer, puis elle m'a pris par la main. « Viens, aide-moi. »

Doyle et Murphy s'étaient arrêtés sur le pas de la porte pour voir la suite de la scène. Quand Masha m'a pris la main, ils ont gémi : « Ooooooh. » Je sentais la sueur poindre sur ma lèvre supérieure. Ma paume était chaude et moite dans celle de Masha.

« Il y a problème ? » Elle a serré ma main et regardé alentour. D'autres élèves s'étaient arrêtés pour nous regarder. Deux filles gloussaient, plusieurs garçons faisaient des bruits suggestifs et grossiers. Où était le prof, il était censé faire régner l'ordre. J'essayais de transformer ma gêne en colère. Je me suis essuyé le front avec le poignet de ma chemise. Mais je n'arrivais pas à parler.

Judy Stacey, une grande perche aux cheveux châtains qui lui tombaient à la taille et qu'elle lissait au fer, une fille avec qui j'avais vendu des abonnements par téléphone l'été passé, s'est approchée de Masha, lui a touché le bras et a dit : « Dans notre pays, quand on tient la main de quelqu'un, ça veut dire que c'est sérieux.

— Sérieux ?

— Que vous êtes ensemble. Amoureux, tu comprends ? »

À la porte, Doyle a entonné de sa voix stridente une chanson de Led Zeppelin, « Gonna give you every inch of my love, OUCH ! ». Le prof, M. Prusaitus, est arrivé par-derrière, l'a attrapé par les cheveux et l'a tiré dans le couloir. Tous ceux qui étaient encore dans la classe se sont précipités pour voir ce qui allait lui arriver.

Masha m'a regardé. « C'est un gamin. Je connais ce groupe. » Elle a serré ma main une dernière fois avant de la lâcher. « J'aime bien, mais pas comme il a dit. » Elle s'est tournée vers Judy et elle lui a dit : « Merci. C'est nouveau ici. Les règles… » Elle a eu un petit sourire. « Non, on est pas encore… sérieux. Il est très beau, mais on est seulement… Dans mon pays, tout le monde se tient par la main. C'est, comment on dit, l'amitié ? C'est rien de plus. » Elle s'est retournée vers moi, elle a plié le bras, m'a tendu la main, et elle a dit : « Ravie de faire ta connaissance, mon ami. »

J'ai serré la main de Masha ; elle était petite et fraîche, une lune blanche contre ma peau de cire. Ce qu'elle avait dit me tournait dans la tête. « Pas encore ». « Beau ».

Personne n'avait jamais dit ça à mon sujet. Aucune fille ne m'avait jamais laissé lui tenir la main. Je n'arrivais ni à penser ni à parler. Je voulais seulement être près d'elle, regarder ses yeux pleins de vie, son sourire, sentir sa peau, son odeur – oui, aujourd'hui je sais ce que c'était : shampoing et talc.

J'avais quinze ans. À l'époque, tous les garçons de

mon âge rêvaient de ça. D'une fille qui nous dirait qu'on est beau et qui voudrait nous tenir la main. Seigneur. Je suis tombé amoureux sur-le-champ.

Je ne sais pas si c'est elle qui m'a suivi ou l'inverse, mais nous sommes arrivés devant sa classe et je n'ai aucun souvenir d'avoir marché jusque-là. Dans le corridor de la mémoire, je me vois parler sans interruption pendant que Masha hoche la tête, riant par moments. Épaules en arrière, je me tenais plus droit. Devant la porte, elle s'est arrêtée, elle s'est tournée, m'a souri et m'a dit : « J'aurai du joyeux si tu me retrouves pour le prochain, hmm, chemin ? »

J'ai acquiescé et j'ai décampé, un bourdonnement de joie dans la tête.

Je l'ai rejointe à la fin de chaque cours, l'ai guidée toute la journée, et je me décoinçais chaque fois un peu plus. Quand j'arrivais à court de sujets de conversation, je meublais. « Ça c'est une fontaine à eau, disais-je en montrant du doigt. Ça c'est des toilettes. Et l'escalier, là, il monte au premier étage.

— Merci », répondait Masha sans cesser de me sourire. Je ne parvenais pas à savoir si elle était polie, si je l'aidais vraiment ou si je me ridiculisais.

Dans notre salle principale, pour la dernière heure, elle s'est assise devant moi, à une place que Judy lui avait laissée. Elle s'est retournée et m'a tendu un morceau de papier. « Nom et numéro de téléphone, s'il te plaît, elle a dit. Si j'ai des, hmm, des questions.

— Son numéro c'est soixante-neuf », a lancé Doyle au fond de la classe. Murphy a roté. M. Prusaitus a levé les yeux. Il a braqué vers Doyle son long visage massif, et les a fusillés du regard. Ils se sont tassés sur leur chaise et ont baissé les yeux, et il a repris la correction de ses copies.

J'étais tellement ensorcelé que leurs remarques glissaient sur moi. D'une main tremblante, j'ai écrit mon numéro et j'ai rendu le papier à Masha.

« Ça c'est le mien », elle a dit en me donnant un morceau de papier millimétré, sur lequel était inscrit Masha Kucinzki, JU7-4009. Elle a dit : « Peut-être, tu peux », et pour la première fois de la journée elle a paru hésiter. Elle a passé ses doigts sur sa nuque, laissant les fines mèches bouclées retomber sur son cou. Puis elle a relevé le menton et dit : « Peut-être, hmm, je n'ai pas encore le bus. Tu peux me ramener chez moi ?

— Bien sûr. Où est-ce que tu habites ?

— C'est un, comment on dit… » elle a tracé un cercle avec la main, comme pour définir une frontière « … je connais pas le mot. En polonais c'est *sa, siedztwo*. Ici les gens ils disent, hmm… *wioska* ? Le village. Mais c'est pas un village, c'est seulement des rues. »

Je n'étais pas prêt à ça et n'ai pas pu contrôler ma réaction. Ma mâchoire s'est ouverte, mes paupières se sont écarquillées.

Masha s'est penchée vers moi, approchée de mon visage, elle a penché la tête, m'obligeant à lever les yeux.

« Le Village ? » a dit M. Prusaitus à l'avant de la classe. Il a feuilleté une pile de feuilles jusqu'à ce qu'il trouve celle qui concernait Masha. « Ah oui, en effet. »

Le silence s'est abattu sur la classe. Même Doyle et Murphy se sont tus. Masha a regardé autour d'elle, mais tout le monde la fuyait.

Je ne savais pas quoi dire. Sans se retourner vers moi, Masha a marmonné : « Peut-être c'est trop loin. Un autre jour. »

Je regardais ses cheveux éclatants, la ligne de ses épaules, son pull rose en angora, et j'avais envie de la tirer à moi comme si la marée l'emportait. Je refusais de laisser passer cette chance. Je me suis avancé vers elle, agrippé aux coins de mon pupitre, puis je me suis figé le temps de donner la bonne forme à ce que je voulais dire.

Mais avant que je puisse ouvrir la bouche, j'ai entendu Doyle ricaner : « Oublie, mec. Une tarlouze comme toi, ils vont te tuer. »

6

Des alligators dans les égouts. Des cannibales dans le Marais. Des vampires dans les cimetières. Des croquemitaines qui rôdent la nuit dans les rues désertes. Des légendes urbaines, des mises en garde, des histoires pour discipliner les enfants récalcitrants.

Et puis un jour un Étrangleur de Boston se pointe, un type qui enlève une petite fille de cinq ans à trois pâtés de maisons de chez vous, un Henry Lee Lucas, un Jeffrey Dahmer.

Avec le temps, la réalité finit par dépasser le mythe, se révèle plus effrayante, plus fascinante, ses horreurs plus créatives et saisissantes, et alors les mises en garde deviennent banales, fades, elles perdent leur pouvoir d'effrayer et d'éduquer, leur pouvoir de protéger les enfants. De les garder en vie.

N'oublions pas que cette histoire est celle d'une fille qui devait mourir ; d'un agresseur qui a tenté de l'assassiner ; d'un pays qui ne veille plus à ce que cela n'arrive pas, même s'il nous faudra des décennies pour l'admettre. Si tant est que ça se produise un jour.

J'appartiens à la dernière génération d'enfants qui pouvaient encore avoir peur des histoires de leurs parents. Mes parents, quant à eux, étaient de cette génération d'adultes qui avaient apporté dans le Nouveau Monde les superstitions et les préjugés tribaux de l'ancien, comme gravés dans les Tables de la Loi.

Quel rapport entre tout cela et le Village ?

Les parias. La fabrique des parias. La confirmation du préjugé.

D'après le dictionnaire le paria est un marginal, une personne d'une catégorie sociale déconsidérée ou méprisée, de basse extraction ou de piètre qualité. À l'origine, ce terme renvoie aux membres d'une caste « inférieure » du sud de l'Inde qui, à en croire les premières archives écrites, étaient jugés plus malfaisants encore que le diable. Ils étaient tellement mis au ban de la société qu'ils n'avaient même pas le droit de participer aux cérémonies en l'honneur des dieux. Selon certaines sources, seules les castes de lessiveurs et de cordonniers étaient en dessous des Parias.

Pour quelqu'un comme moi, qui a grandi dans une ville où les immigrants européens se faisaient majoritairement embaucher dans les usines de chaussures, c'est une réflexion intéressante à mener. De même, quand j'étais enfant, les noirs gagnaient souvent leur vie en lavant les vêtements des autres. Ces deux groupes, l'un dans les appartements du Village et l'autre dans les logements sociaux, se trouvaient souvent en concurrence pour le droit de ne pas crever de faim.

Quels anciens accords résonnaient dans ces affrontements ; quels thèmes de dissonance, de colère et de haine se mêlaient à la mélodie de la survie ?

On raconte que les Parias d'Inde traitaient leurs inférieurs avec une violence égale à celle qu'ils recevaient des castes qui leur étaient supérieures. Qu'ils haïssaient les membres des castes inférieures qui essayaient de s'accrocher à un autre groupe méprisé.

Dans ma ville, on se disputait pour savoir quelle « caste » était la pire, la plus basse, les définitions étant bien sûr établies par ceux qui avaient le pouvoir. Cordonniers et domestiques, immigrants ou descendants d'esclaves, autant de parias en guerre pour une situation et un peu de respect. Les politiques d'urbanisme les séparaient les uns des autres et assuraient qu'il leur soit difficile d'interagir, d'identifier les similitudes de leurs luttes. Deux groupes qui se disputaient la même échelle.

On n'avait pas le droit de demander qui imposait l'existence de l'échelle, qui insistait pour qu'il y ait plusieurs échelons au lieu d'un seul. Ne cherchez pas qui tire les ficelles, vous risqueriez de trouver le véritable ennemi.

Un aspect intéressant de l'idée de paria est qu'une personne, un groupe, une caste, une communauté, dont l'identité n'est pas révélée, façonne notre entendement. Dans le dictionnaire, la définition (« déconsidérée », « basse extraction ») est formulée de manière à empêcher que soient remises en cause les motivations, les attitudes et la moralité de ceux qui édictent un tel jugement. C'est un parti pris que tout le monde est censé adopter. Et d'ailleurs, qui choisirait d'être assimilé à un groupe « inférieur » ?

Après que j'ai trahi Emmett pour quelques donuts, il est devenu paria. Il a écopé d'un renvoi temporaire pour avoir prétendument menacé un autre élève avec un couteau, et ensuite aucun enfant n'a plus eu le droit de l'approcher. Les instituteurs, pour la plupart, ont encouragé ses camarades de classe à l'éviter dans la cour. Son pupitre a été déplacé sur un côté de la salle, collé au tableau, isolé. Le soir, il était retenu un quart d'heure après la cloche, pour s'assurer que tous les autres élèves soient partis sans encombre avant qu'Emmett ne soit lâché.

Et bien sûr, il a été dit clairement qu'il n'était pas un individu isolé. Il représentait toutes les personnes à la peau sombre. Tous les mêmes, voilà le message que l'on martelait ouvertement ou à demi-mot. Un message codé autour du mot en N.

Car un simple mot peut servir à condamner un groupe entier – Bamboula, Niakoué, Polack, Arbiche, Rital, Bronzé, Bougnoule, Youtre, Espingouin, Métèque, Boche, Jaune, Crouille, Youpin, Nègre. Avec un simple mot, tous les membres de ce groupe peuvent se transformer en parias.

Le Village, c'était l'endroit où l'un après l'autre naissaient les groupes de parias. C'était l'Île aux Monstres, le Far West, une enclave tribale et hostile où la culture dominante changeait selon les vagues migratoires – d'abord juive puis italienne puis irlandaise puis allemande puis portoricaine puis polonaise, et le prochain groupe serait celui qui avait occupé la majorité des sièges dans l'entrepont du dernier bateau arrivé. Chaque nouvelle vague d'immigrés occasionnait une rotation du pouvoir qui s'opérait d'elle-même, parfois assortie de bagarres et de coups de couteau qui, dans les pages locales du journal, devenaient la norme chez « ces gens-là ».

Je me rappelle mon père, un jour, n'arrivant pas à cracher les mots, « le Village », comme si c'était un caillot de sang. Il était assis à la table de la cuisine, le journal ouvert devant lui, au-dessus de sa tête le filament de l'ampoule projetait une lumière lunaire dans la pièce et prêtait à la scène l'apparence d'un rêve. « Saloperie de Village.

— Quel village ? » j'ai demandé. J'ai approché mon

oreille de mon bol de Rice Krispies pour les entendre faire « snap, crac et pop », pareil que dans la pub, mais n'ai entendu qu'un petit pétillement, minuscules voix fâchées qui parlaient une langue que je ne comprenais pas.

« Ce Village ! Ce Village ! » Il a frappé le papier avec sa main aux gros doigts incrustés de graisse puis il a levé le pouce au plafond. « Ça allait encore quand c'était les Bamboulas qui vivaient là-bas. C'est quand ils ont dû laisser la place aux autres que ça a dégénéré. Y a eu les Boches, les Youpins, les Russes, les Irlandais, les Mexicanos et les Polacks… et tout le monde a commencé à se mettre sur la gueule. » Il a fait un nouveau geste du pouce, à croire que le Village s'était matérialisé au milieu de notre rue alors que, pour y arriver, il fallait marcher six ou sept kilomètres, traverser le centre puis bifurquer vers le quartier nord-est de la ville. Il a passé une main sur son visage ridé.

« Maintenant y a plus que les Mex et les Polacks… et les bronzés… » Il a secoué la tête et j'ai compris que j'en avais pour dix minutes de radotage. « Ils se croient tous mieux que les autres. Ils débarquent ici en se disant qu'ils doivent être traités comme des gens normaux. Comme s'ils étaient mieux que nous… »

Né dans une grande famille où se mélangeaient immigrés italiens et irlandais, vendeurs de rue et, du côté de sa mère, cultivateurs de pommes de terre, pour beaucoup morts à cause du mildiou, mon père avait toujours été aussi fier que honteux des débuts modestes de sa famille. Il n'aimait pas qu'on le rabaisse. Et parfois, « le rabaisser » pouvait juste signifier que la personne était fière de ses origines ; aux yeux de mon père, cette fierté sous-entendait une supériorité.

« Les Mex… » Il a continué en se grattant le crâne avec les deux mains. « Les bronzés…

— Qu'est-ce qu'ils ont fait ? » j'ai demandé.

Mon père a poussé le journal vers moi et il a craché, écœuré : « Ce qu'ils font tout le temps. »

J'ai lissé le papier avec les paumes. Dans les pages locales, sous la manchette WEST SIDE STORY ARRIVE EN VILLE, l'article principal relatait une bagarre sur le parking d'un magasin d'alcool du Village. Le premier paragraphe disait que le Village était envahi par « des gangs de Portoricains et de Polonais », même si en l'occurrence il ne s'agissait que de deux jeunes Portoricains qui s'étaient battus pour une fille. Le caissier polonais s'était interposé. Trois personnes avaient reçu des coups de couteau, les deux garçons et le caissier. Un des Portoricains était toujours hospitalisé. La cause du différend n'était pas précisée.

« Je comprends pas, j'ai dit.

— Passe-moi ce torchon », a dit mon père en m'arrachant le journal des mains. Il l'a replié en le chiffonnant à moitié. « Quand j'étais gamin, on se battait à la loyale. Pas de chaînes, pas de poings américains, pas de couteaux – c'est les tapettes qui ont des couteaux. On avait un code d'honneur. On se battait comme des hommes – même pas de coups de pied.

« Mais vous, les jeunes… je te jure. » Il s'est levé en secouant la tête. Il a froissé le journal et l'a laissé retomber sur la table. Il m'a fait : « Oublie pas ce que je vais te dire, en pointant sur mon visage un doigt aux articulations enflées. Quand t'auras des gosses, ça les dérangera pas d'aller mettre une balle dans le dos de quelqu'un. Vos gamins seront des meurtriers et ça sera votre faute. »

Je ne comprenais pas comment tout ça s'était

retourné contre moi. Je sentais qu'il fallait que je dise quelque chose. Alors que mon père se levait et s'en allait, je lui ai lancé : « Je suis pas un Mex.

— Surveille ton langage ! » a crié ma mère dans la pièce à côté.

Mon père avait pivoté pour me gronder, mais il s'est interrompu, il a jeté un regard vers le salon, s'est penché et a collé son visage au mien. « Je veux pas te voir traîner près du Village. » Ses yeux montaient et descendaient, l'air de m'examiner. « Je supporterais pas d'enterrer un deuxième gosse. »

Jamais plus mon père n'a été aussi près de me dire qu'il m'aimait, ou d'admettre qu'il avait eu de la peine quand ma petite sœur était morte des complications d'une grippe. Elle avait deux ans, j'en avais cinq.

J'étais à la fois heureux et nauséeux ; mon visage me chauffait, mon ventre était barbouillé. J'avais envie de le faire parler encore ; de le faire exprimer ce qu'il ressentait pour moi. Je voulais l'entendre dire quelque chose à propos de moi. « J'irai jamais au Village, papa », j'ai dit. « Papa ? » J'attendais sa réponse dans une sorte de terreur. Je craignais de perdre le fil ténu de l'amour de mon père.

Il a gardé le silence et il est allé se planter dans le passage entre la cuisine et le salon. Là, il a fait : « Loretta, t'as lu le journal ? Y a un Polack qui s'est fait embaucher au magasin d'alcool et les Mex l'ont agressé. Qu'est-ce qu'il a de si bien, il peut pas aller bosser à l'usine comme tout le monde ? Comment ça se fait que moi j'arrive pas à avoir ce genre de boulot, au lieu de… » Il a regardé ses mains, plié les doigts. « Loretta ? Tu m'écoutes ?

— Quoi ? » Ma mère paraissait agacée. Elle a avancé vers lui et il a reculé. Elle a ôté sa cigarette de sa bouche et l'a écrasée dans le cendrier qu'elle tenait au creux de la main, son magazine coincé entre le coude et les côtes. « Qu'est-ce qu'il y a encore ? Y a toujours quelque chose avec toi.

— Laisse tomber. »

Toujours assis à table, j'attendais, débordant d'émotion au point que le moindre contact aurait perforé ma peau et m'aurait fait exploser.

Sans même un regard dans ma direction, sans un mot de plus, mon père est parti. Je n'ai eu d'autre choix que de ranger mes sentiments dans une petite boîte enfouie si profond en moi que je pourrais oublier leur existence même.

7

Après les émeutes, Masha et sa famille ont déménagé. Personne ne sait où. Un an plus tard, comme un retour de karma, la dernière usine de chaussures a fermé. La direction ne trouvait plus assez de main-d'œuvre pas chère et non qualifiée. Le maire a fait raser les décombres du Village incendié et remplacer les immeubles par la nouvelle industrie florissante du pays : une prison flambant neuve.

Dans laquelle on collerait, bien entendu, les habitants des cités qui s'agrandissaient sans cesse.

8

Comment je suis devenu maire ? Alors ça, personne ne le sait. Depuis quelque temps – et j'avoue que je me demande parfois si je ne deviens pas paranoïaque –, je commence à identifier des causes et des effets dans des événements où les autres ne voient aucun lien.

Ma famille n'avait pas les moyens de déménager, et mon père a passé le restant de sa courte vie – il a eu une crise cardiaque pendant ma dernière année de lycée, il s'est écroulé sur le sol de la cuisine et il est resté supplier le Seigneur de ne pas le laisser mourir, et pendant ce temps ma mère et moi nous l'avons vu virer au violet, s'étrangler, puis frissonner et enfin cesser de bouger, et nous avons attendu une ambulance qui ne s'est pas dérangée avant notre troisième appel – à ricocher d'un job à l'autre dans des supérettes, des stations-service et des fast-foods. Ma mère servait des cheeseburgers et des rickeys au bourbon dans le restaurant du Woolworth's, à l'intérieur du nouveau centre commercial qui était censé redynamiser notre ville, mais où personne ne venait jamais à part des ados qui n'avaient pas l'âge de passer le permis. Elle mettait ses pourboires, quelques pièces, dans un bocal et considérait avoir fait un mois formidable quand elle accumulait quarante dollars.

J'ai fini le lycée et je suis resté vivre avec elle le temps de décrocher une licence de science politique dans la petite fac publique du coin où je me rendais en bus.

Je n'avais aucune idée de ce que je voulais ou pouvais faire de ma vie. L'idée de rester sous le même toit que ma mère jusqu'à sa mort me foutait le cafard, mais déménager me paraissait impossible.

Chaque samedi, j'allais au lycée de Brockton et je déposais une rose sur les marches de derrière.

Tous les gens que j'avais connus au lycée s'étaient trouvé un métier, étaient devenus gardien de prison ou gardien de la paix. Doyle et Murphy, j'ai arrêté de les voir après Masha. Et, de toute façon, ils n'ont pas vécu vieux.

La décision concernant mon avenir a été prise par un inconnu à côté de qui j'étais assis dans un bar, alors que nous regardions les Red Sox prendre une volée tout en buvant des pressions à 50 cents. Quand il m'a demandé ce que je faisais dans la vie, j'ai répondu : « Rien.

— Rien ? » Il rentrait du Viêtnam et ses cheveux commençaient tout juste à repousser. Il portait encore son treillis. « T'as quand même bien dû faire quelque chose pendant que j'esquivais les balles pour ta gueule. »

Alors je lui ai dit que j'avais fait des études, en science politique, et il a approuvé de la tête, puis il m'a regardé bien en face – un de ces regards qu'on me lançait encore de temps à autre, depuis que j'avais eu ma photo dans le journal.

Il a dit : « Attends voir », il a pris délicatement mon

menton dans sa main et il a tourné ma tête vers lui. « T'es le mec qui est passé dans le journal. Ma mère m'a envoyé l'article. Y avait écrit que t'étais un putain de héros. » Il a ri, fort, en secouant la tête. « J'ai vu mon pote se faire exploser le crâne – on était tout près, on se regardait et là BLAM, une balle en pleine tempe. » Il a vidé sa bière. « Sa tête a explosé, j'en avais plein la gueule. J'ai été obligé de ramasser les morceaux de mon pote comme si c'était un putain de hamburger… » Il a regardé un batteur frapper une balle dans le champ droit puis il a repris, en s'adressant au poste. « Qu'est-ce qu'ils voulaient que j'en fasse ? Que je les foute dans un sac ?

— Je suis pas un héros, j'ai dit. J'ai jamais été un héros. Je suis un lâche. » J'ai fait signe au barman de nous remettre une tournée. Quand il a posé les verres de pilsner sur le comptoir, j'ai levé deux doigts pour demander des shots de whisky.

Lorsque la manche a été finie et que le sport a laissé place aux pubs, il a dit : « Tiens, j'ai une idée pour toi – t'as qu'à te présenter aux élections.

— Tu parles. »

Il a indiqué au barman de nous remettre une tournée. Et deux autres shots. On les a bus cul sec.

« Tu crois que je me fous de toi ? Tu crois que je plaisante ? T'as vu la bande de connards qu'on se tape ? Y a plein de gens qui voteraient pour un "héros" local. Tu me crois pas ? Putain, même moi je voterais pour toi alors que je sais que t'es une tafiole. Je veux pas te vexer hein, t'es peut-être sympa, mais regarde-moi ces mains de fillette. »

Je me suis reculé sur mon tabouret de sorte à cacher mes mains. J'ai acquiescé. « Peut-être.

— Peut-être mon cul. » Il a descendu la moitié de

sa pinte et s'est essuyé la bouche avec la main. « T'as foutu quoi de ta vie ? Moi j'ai risqué ma peau là-bas pour toi et tes petits copains de la fac, et t'es pas capable de te promener dans les rues en disant Votez pour moi ? Tu veux foutre quoi d'autre ? »

J'ai hoché la tête. Mais plus je hochais la tête, moins cette idée me paraissait absurde. Ça me sortirait de la maison, du salon où les rideaux étaient perpétuellement tirés et où ma mère vivait en robe de chambre, à boire de la vodka pure, à enchaîner les cigarettes et à pleurer devant de vieux films.

J'ai remercié le type pour ses idées, pour les verres, je suis parti et je n'ai plus jamais remis les pieds dans ce bar.

J'ai découvert que les prochaines élections auraient lieu à l'automne ; la date limite de dépôt des candidatures tombait une semaine plus tard. N'ayant rien de mieux à faire, j'ai rempli la paperasse, rassemblé les signatures nécessaires pour figurer sur le bulletin, et j'ai passé l'été à faire du porte-à-porte équipé d'un sac rempli de « littérature de campagne », une feuille dactylographiée et photocopiée qui faisait miroiter de vagues espoirs d'emplois futurs, de rues propres et de justice sociale.

L'été se traînait. J'étais la coqueluche des journaux. Le héros du lycée qui, diplôme en poche, veut faire bouger les choses dans sa ville natale. On me décrivait comme le fils travailleur d'un couple d'immigrés, le premier de la famille à aller à l'université, et qui s'occupait de sa mère malade après le décès prématuré de son père.

J'ai obtenu 54 % des voix contre le maire sortant qui briguait un quatrième mandat et avait des « problèmes de secrétaire », et contre un vendeur de chaussures sous le coup d'une enquête pour paris illicites.

J'ai rempli quatre mandats au conseil municipal, et le jeune crack spontané est devenu l'homme des alliances et du bon sens. À trente ans, j'étais le politicien le plus influent de la petite machine qui faisait tourner notre ville.

J'ai été réélu trois fois haut la main, jusqu'au jour où même les journalistes qui m'aimaient bien n'ont plus réussi à ignorer les affaires immobilières douteuses dans lesquelles je trempais.

Mais ce qui m'a coulé, ç'a été cette femme qui m'a menacé de balancer à la presse un épisode que je croyais être le résultat d'un commun accord, mais qu'elle voyait sous un angle différent.

Les agents immobiliers ont été généreux, ils m'ont fait travailler comme consultant pendant des années, à condition que je ne mette pas les pieds au bureau.

J'aimerais penser que mes années à la mairie m'ont valu une réputation d'homme empathique mais pragmatique ; d'homme sensible aux besoins des travailleurs mais qui ne refuse pas de négocier avec les entreprises locales. Pendant que j'étais en poste, nous avons ouvert notre premier foyer pour sans-abris. Notre premier centre pour femmes battues.

J'ai aussi augmenté l'effectif de nos forces de police et fermé les yeux sur la manière dont elles faisaient respecter la loi. En contrepartie, on me laissait farfouiller, sans surveillance, dans la salle des archives et éliminer tous les dossiers que je voulais. Il n'y en avait qu'un qui m'intéressait. Je l'ai rapporté chez moi et j'ai lu les rapports, examiné les photos.

Seigneur, comment en est-on arrivé là ?

9

Presque tous les après-midi, avec Murphy et Doyle, on avait rendez-vous devant une église dans une petite ville au nord. Pour acheter de la marijuana. Cette routine n'avait pas l'air de déranger Doyle, et moi ça me donnait quelque chose à faire, ça me permettait de ne pas rester tout seul et ça m'évitait de devoir rentrer dans la poussière et la pénombre de l'appartement familial.

L'église était en bardeaux blancs. Devant, il y avait la place centrale formée par la convergence de trois rues, et en face, le cube trapu du poste de police en brique.

Notre contact, Joey Matthews, était tranquillement assis sur les marches en béton qui montaient à la double porte de l'église. Il coiffait ses longues boucles avec une petite brosse en nacre, caressait les mèches qui lui arrivaient plus bas que les épaules. Il nous a dit : « C'est trop bien. »

Il avait de petits yeux marron qui rappelaient ceux d'un rongeur domestique. L'air amusé, il regardait le poste de police et le drapeau qui claquait sur son mât blanc au centre de la cour. Avec une main il a lissé sa moustache tombante, puis il a essuyé sa main sur sa chemise large à rayures bariolées.

« Ah, mec. » Ses genoux s'ouvraient et se fermaient, se cognaient, s'ouvraient et se fermaient, si bien que la partie évasée de ses pattes d'ef se balançait au-dessus de ses bottes en cuir comme des fanions de sémaphore.

« Vraiment trop bien », il a dit. Les bras croisés sur le ventre, il a commencé à se tordre de rire. Il a réussi à reprendre son souffle et s'est redressé pour nous expliquer. « De l'acide, mec, super intense, t'as l'impression qu'on te perce la tête. Mais ces Dômes Verts, mon pote, c'est, ouah, c'est la fête, mec. C'est, ouah, c'est... gaa gaa goo goo. » Il a encore éclaté de rire, un bruit aigu et féminin, mélange de trille et de babillage.

« Vous en dites quoi, les gars ? » nous a fait Doyle. Il avait un petit visage de fouine et une grosse touffe de cheveux avec une frange irrégulière qui descendait juste au-dessus de ses cils.

J'ai fait non de la tête. « J'en veux pas. Je veux pas mettre des produits chimiques dans mon corps.

— Tarlouze », a dit Murphy en me donnant un coup de poing dans le bras.

Mains à plat sur sa poitrine je l'ai repoussé en arrière. Je savais que j'avais une chance de m'en tirer, même s'il faisait une bonne dizaine de centimètres de plus que moi et était plus baraqué.

Murphy, c'était un de ces jeunes gars qui auraient pu être beaux – il avait une peau blanche et parfaite qui contrastait avec ses traits anguleux et ses yeux bleu vif. Mais il avait perdu presque toutes les dents du haut dans un accident de voiture, et ça le complexait tellement qu'il manquait de courage dans les autres domaines de sa vie.

« Va te faire mettre, j'ai dit en le poussant une deuxième fois.

— Par qui ? Par toi ? » Il m'a poussé à son tour.

« Ça te plairait, hein. » Je lui ai mis un coup dans le bras. Il a essayé de me gifler mais j'ai esquivé et me suis reculé.

« On pourrait tous se taper la petite Polonaise, a dit Doyle. Mettre des saucisses dans sa choucroute. »

J'ai rougi et Doyle et Murphy ont éclaté de rire.

« Chacun notre tour, a dit Doyle.

— Une Polonaise ? a dit Matthews. Si c'est une Polack, c'est une catho, et vous savez ce que ça veut dire. »

On l'a tous regardé. Il s'est encore marré, plié en deux, et puis il s'est repris. Il a empoigné l'avant de son pantalon. « Les petites cathos, mon pote, ça te suce jusqu'à ce que t'aies tellement mal à la bite que tu peux même plus y toucher. Elles peuvent pas baiser, tu comprends ? Parce que dans la Bible ça dit qu'il faut pas gâcher le sperme. Du coup elles avalent, parce qu'elles croient que, tant que c'est en elles, c'est pas un péché. Les cathos, je te jure, c'est des putains de suceuses. Où elle habite, mec ? Ça me botte bien.

— Au Village », a dit Doyle.

Matthews s'est redressé, ses yeux ont arrêté de blaguer.

« C'est pas une blague, a insisté Murphy.

— À la réflexion, laisse tomber. » Matthews a plongé la main dans la poche de sa chemise et il en a sorti un petit comprimé vert. « Je vais plutôt rester me faire mon petit trip ici. » Il a fourré l'acide dans sa bouche et il l'a avalé.

J'y ai vu le bon moment pour changer de sujet. « J'ai pas envie de prendre des trucs chimiques.

— Mec, a fait Matthews. Sois pas débile. » Il a encore passé la main sur sa moustache. « Ça me fait de la peine, mec. Vous venez me voir depuis quoi ? Deux, trois mois ? Et tu me fais pas confiance ? Tu me connais, non ? Je vends rien qui ferait du mal à quelqu'un. Je vends pas d'héro. Je vends pas de coke. Je vends même pas de speed, depuis le truc dans le journal, le mec qui a le cœur qui a explosé. De l'herbe, du shit, un peu d'acide pour faire la fête. Je suis, comment dire, j'ai une morale, mec. J'ai des valeurs. Je fais rien qui nique les gens, mec. Je suis intègre. On est une famille. On est tous des *freaks* – mais, mec, faut que je te dise… » Il a remué la tête, les yeux braqués sur moi. « T'as un peu l'air d'un flic avec tes cheveux courts. Mec, on dirait que t'es prêt à partir buter nos frères jaunes au Viêtnam. Détends-toi, lâche du lest. »

Tout le monde a ri. J'ai tourné les talons et je me suis éloigné. Qu'ils aillent se faire foutre. J'ai repéré une cabine téléphonique au coin d'une épicerie et je m'y suis dirigé.

« Où tu vas ? a lancé Doyle. Tu la baiseras pas sauf si on la baise tous. »

Je n'ai rien répondu, j'ai accéléré. Je me répétais que j'étais stupide. J'aurais dû raccompagner Masha. Qu'est-ce que je foutais là avec ces cons ?

Je suis entré dans la cabine et j'ai tiré la porte derrière moi. Doyle et Murphy m'ont pointé du doigt et se sont marrés quand je les ai regardés. Matthews secouait la tête et remuait les jambes avec ses pattes d'ef qui volaient d'un côté et de l'autre. Je me suis détourné, j'ai glissé une pièce dans la fente et j'ai composé le numéro de Masha.

J'ai laissé sonner quatorze fois avant de raccrocher. J'ai rappelé immédiatement et laissé sonner vingt-sept fois. Je me disais, Putain, j'ai tout foiré. J'aurais pu avoir une copine, mais j'ai flippé et…

Soudain je me suis mis à transpirer, mon torse était trempé. J'ai fracassé mon poing sur le boîtier noir et chrome du téléphone, puis je l'ai balancé dans la vitre de la cabine. Ma seule chance, et je la foire parce que je flippe. En colère contre moi-même, contre elle, en colère de n'avoir pas d'autres amis que Doyle et Murphy, j'ai mis un nouveau coup dans la vitre et cette fois, à ma surprise, elle s'est fêlée.

La puissance peut revêtir de nombreux atours. Je ne m'étais jamais vraiment pensé fort, mais tandis que je contemplais la petite toile d'araignée dans le verre, quelque chose s'est immiscé en moi, a grandi, gonflé, jailli, rempli et énergisé mon corps de l'intérieur. J'ai armé le poing et j'ai frappé.

Le verre a fait un couinement plat et la toile s'est élargie. J'ai cogné avec la partie charnue de mon poing et elle a explosé, les éclats fusant en feu d'artifice blanc et froid pour aller rebondir sur le trottoir.

La force du coup a entraîné mon poing à travers le panneau qui se disloquait, et lorsque je l'ai retiré instinctivement, je me suis ouvert le dos de la main contre la bordure déchiquetée du trou.

« Sors de là ! Putain ! » a crié quelqu'un.

Je regardais le sang couler sur ma main, s'enrouler autour du poignet et tacher la manchette de ma chemise bleue. Avec fracas, Murphy a ouvert la porte de la cabine. Il m'a attrapé par l'avant de la chemise et m'a tiré à l'extérieur.

« Magne-toi, espèce de naze ! » il a crié en me poussant vers la Mustang bleue de Doyle garée devant l'église. Doyle était déjà au volant et faisait rugir le moteur. Murphy m'a ouvert la portière passager et il a soulevé la manette pour abaisser le dossier. Pendant que je me pliais pour entrer à l'arrière, il a posé les mains sur mon dos et m'a poussé.

Doyle a enclenché la première, puis la seconde, faisant crisser les pneus et laissant de la gomme sur dix mètres. Il se faufilait entre les voitures, prenait des sens interdits, roulait à gauche ou à droite, là où c'était le plus dégagé. Une traînée de klaxons en colère nous suivait comme un panache de fumée.

Quand on a atteint la ville d'à côté, il a quitté la route principale pour une rue qui longeait des entrepôts, puis il a pris à droite dans une autre, plus petite, qui menait à un vieux quartier pavillonnaire. Pendant dix minutes il a bifurqué à droite et à gauche, à l'instinct, jusqu'à ce qu'on arrive au cœur d'une zone résidentielle où les flics ne nous trouveraient jamais, à moins qu'ils aient vraiment le cul bordé de nouilles.

Il a garé la voiture à côté d'un petit terrain boisé, puis il s'est tourné vers moi.

Le poignet de ma chemise était trempé, et j'avais une grande tache humide sur le pantalon. Mes blessures saignaient toujours. Il y avait tellement de sang que je n'arrivais même pas à voir les coupures et à déterminer si elles étaient nombreuses et profondes. Quand Doyle a dit : « Putain, mec, faut qu'on t'emmène à l'hosto », je l'ai regardé avec un grand sourire.

10

Cher lecteur…

J'ai toujours eu envie d'écrire ces mots, du moins depuis mes seize ans, quand j'ai lu pour l'école une nouvelle du XIXe siècle où l'auteur s'adressait directement à la personne qui le lisait. Comme s'ils étaient amis. Comme s'ils n'étaient pas seuls, chacun de leur côté, l'un qui écrit et l'autre qui lit. Isolés tous les deux.

Cher lecteur. C'est drôle. Presque drôle, cette impression que l'auteur a la maîtrise de tout.

Même si l'auteur s'adresse à vous comme à un vieil ami, vous restez tout de même à sa merci. Vous devez penser ce qu'il vous dit de penser, suivre les pistes qu'il dessine, soupeser les indices qu'il vous présente, sans savoir quels indices, quelles pistes, quels points de vue sont peut-être cachés, effacés, niés. Vous devez croire en l'honnêteté de l'auteur. Vous devez croire qu'il est aussi bien intentionné que vous.

Cher lecteur,

À ce stade de mon histoire, vous avez peut-être la tentation de tirer des conclusions qui risquent d'être précipitées. Vous vous dites peut-être, Allez, je connais la suite. C'est ce Stewie qui a agressé Masha Kucinzki.

Regardez-le, il avoue un penchant violent, il nous fournit toutes les preuves. Je n'ai pas besoin de plus.

Quant à moi, je pourrais certainement dire que oui, je l'ai agressée. Puis vous expliquer pourquoi.

Ou bien je pourrais dire que non, je ne l'ai pas agressée. Puis vous révéler le nom de son agresseur. C'était peut-être Doyle, ou Murphy. Ou bien les deux, tiens. Ou même nous trois. Et si ça se trouve, c'était Emmett. Ou mon père. Peut-être un vagabond qui passait par là. Je pourrais vous donner un nom, vous fournir un motif et une explication en une phrase ou deux, et l'histoire s'arrêterait là. Vous pourriez ensuite reporter votre attention sur le journal télévisé, ou sur la dernière série autour de laquelle vous organisez votre emploi du temps, ou parler sur votre ordinateur avec des inconnus, des paquets de données qui se font passer pour des êtres en chair et en os.

Ou bien je pourrais suggérer que personne ne connaît l'identité de l'agresseur, et que tout le monde s'en moque – un homme a été arrêté et puni, nous avons la preuve du châtiment et ça nous suffit.

Je pourrais même vous demander un peu de patience. Vous ne savez pas, il y a peut-être un autre personnage dans cette histoire, qui n'est pas encore entré en scène et qui se révélera être le coupable.

Mais j'ai une question à vous poser : Qu'est-ce qui vous fait penser, cher lecteur, que l'agression de cette fille est l'élément central de cette histoire ?

Savez-vous vraiment où je vais ? Où vous allez ? Où nous allons ensemble ? Est-ce que moi je le sais ?

C'était peut-être vous, cher lecteur. Votre désir créant le crime que vous avez envie de lire.

Avez-vous regardé le procès d'O.J. Simpson ?

Si personne n'est là pour le voir, l'arbre fait-il du bruit en tombant ?

Le couteau transperce-t-il la chair ?

Les crimes sont-ils perpétrés parce que notre désir secret pousse l'univers à les faire advenir ?

Sommes-nous des voyeurs qui avons besoin d'acteurs ?

L'un complète-t-il l'autre ? L'un le carburant, l'autre le feu ?

Qui est la cause ?

Qui est l'effet ?

Est-ce mon histoire ou la vôtre ?

Quoi qu'il en soit...

Quoi qu'il en soit...

Cher lecteur, laissez-moi vous poser une question très simple. Aviez-vous réussi à deviner que le sordide petit incident de la cabine téléphonique aboutirait à ce que Doyle, Murphy et Stewie soient considérés comme des héros ?

11

C'est Doyle qui a eu l'idée. Nous devions aller à l'hôpital, ça c'était évident. Mais nous ne pouvions pas aller à un hôpital des environs. Si quelqu'un m'avait vu vandaliser la cabine téléphonique et l'avait signalé, il y avait des chances que la police nous cherche.

Doyle pensait que je ne saurais pas tenir ma langue, sinon il m'aurait jeté chez moi et m'aurait laissé me débrouiller seul.

C'est là qu'il a eu l'idée de faire un détour par le centre commercial.

« Y a pas d'hosto au centre commercial, a dit Murphy, suspicieux, l'air de croire que Doyle essayait de lui faire dire ou faire une connerie.

— Bande de débiles. Le centre commercial, c'est là qu'on s'est fait attaquer. »

Murphy a plissé les paupières. Il m'a lancé un regard perdu.

J'ai tourné la tête vers Doyle, qui réfléchissait en se tapotant les lèvres. D'un coup, il a pivoté et il a claqué des doigts. « On faisait des courses de Noël pour nos daronnes. On est allés aux chiottes. Et là, y a une bande de nègres qui nous est tombée dessus.

— Quelles chiottes ? » a demandé Murphy. À sa tête on aurait dit qu'il venait de voir des extraterrestres.

« Ta mère a fait que des fausses couches ou quoi ? a répliqué Doyle.

— Ben non, a dit Murphy. Moi j'ai survécu. » Il s'est tourné vers moi, mal à l'aise. « Et mon frère aussi, et puis aussi ma petite sœur.

— Eh ben on en a de la chance. »

Murphy a eu l'air blessé. « Pourquoi t'es comme ça avec moi ? » Il a fait un geste dans ma direction. « C'est lui qui a fait de la merde. » Puis, se tournant vers moi : « Pourquoi t'as défoncé cette cabine ?

— Parce que j'ai toujours eu envie d'aller au centre commercial », j'ai répondu, ce qui n'était pas totalement faux. À cette époque, il y avait très peu de centres commerciaux et ils dégageaient donc quelque chose d'exotique et intrigant. Mon père, cédant au harcèlement maternel, avait promis de nous emmener visiter cet endroit magique. J'attendais ce jour avec la même impatience que j'avais autrefois le jour où je m'assiérais sur les genoux du Père Noël dans le Woolworth's du centre-ville. Mais nous n'y étions pas encore allés.

Et, au bout du compte, avec Doyle je n'en ai pas vu grand-chose. On n'était pas là pour visiter. Il a envoyé Murphy repérer les toilettes les plus isolées. Il les a trouvées dans un couloir qui menait à une section peu utilisée du parking, loin des boutiques phares, les Sears et Jordan Marsh. On s'est garés le plus près possible de cette entrée et Doyle a envoyé Murphy en éclaireur. Une minute plus tard, on le rejoignait, moi avec le bras coincé sous la chemise.

Dans les toilettes, Doyle a fait couler de l'eau chaude sur ma main. Mes blessures avaient en partie coagulé, le sang ne suintait presque plus et Doyle voulait que l'hémorragie reprenne. L'eau m'a piqué. Ma main m'élançait. J'ai laissé échapper un « Aow ! » étranglé.

« Fais pas ta tarlouze, a dit Doyle. C'est que dalle. Si tu voyais ce que mon vieux me met avec sa canne de billard. Il m'oblige à entrer dans la baignoire pour pas que je foute de la merde partout.

— Quoi ? » J'ai retiré mon bras.

« Ferme-la. Tiens, fais ça. » Il m'a pris le bras et il a frotté ma main contre le mur. « Des preuves. » Il m'a indiqué d'étaler du sang sur le miroir, les lavabos, le sol. Pendant que je m'exécutais, il a attrapé la poignée d'une des cabines et il a tiré jusqu'à ce que la charnière du haut, rouillée, cède et se détache. Il est revenu vers les lavabos et là il a défoncé à coups de poing un distributeur de serviettes en papier qu'il a arraché du mur. Ensuite il l'a balancé dans le miroir qui a explosé. Puis il a appelé Murphy.

Sans lui laisser le temps de dire un mot, Doyle lui a envoyé un direct à la bouche qui lui a ouvert la lèvre en deux. « Sale connard ! » a crié Murphy. Furieux, il a chopé Doyle par les bras et l'a jeté à l'autre bout de la pièce, où Doyle s'est écrasé contre le mur carrelé entre deux urinoirs. Ensuite Murphy a traversé la pièce en moulinant des bras et il a mis une bonne demi-douzaine de beignes à Doyle avant que celui-ci ne réussisse à lui sauter sur le dos et à lui bloquer les bras.

Doyle, l'œil gauche boursouflé, la joue écorchée, la bouche enflée, a palpé ses blessures avec le bout d'un doigt. Assis par terre près d'un urinoir, il a levé les yeux et souri. « Beau travail.

— Quoi ? » a fait Murphy. La colère a quitté son corps comme un frisson qui s'envole. Je me suis laissé glisser au sol, la douleur palpitait dans mon bras.

« Regardez-nous, a fait Doyle. Regardez-moi ce merdier. »

On était couverts de sang et de bleus. Les toilettes ressemblaient bel et bien au théâtre d'une bagarre. « Ils vont être obligés de nous croire », a ajouté Doyle.

On s'est repassé l'histoire pour être sûrs de dire tous la même chose. Un groupe de six adolescents noirs est entré dans les toilettes, ils ont demandé à Doyle et moi de leur donner notre argent, nous avons répondu non, et alors ils nous ont attaqués. Murphy était dans une cabine et il est sorti d'un coup, ça les a surpris et ils se sont enfuis. Dans la mêlée, un de nos agresseurs m'a fracassé la main contre le miroir qui s'est brisé en me coupant.

Deux d'entre eux étaient grands, les autres faisaient la taille de Doyle. Les deux grands avaient une afro ; les autres avaient le crâne rasé. Ils portaient tous des blousons en cuir, des jeans et des bottes pointues, peut-être qu'ils appartenaient à un gang. Peut-être aux Black Panthers.

« C'est pas ça qui s'est passé, a dit Murphy.

— On s'en fout, a répondu Doyle. Tout le monde va y croire. » Il a exposé une fois de plus les détails de notre version. Comme Murphy restait sceptique, il lui a rétorqué : « Si on dit que c'est ça qui s'est passé, alors c'est ça qui s'est passé. C'est quoi la vérité, de toute façon ? T'as envie de te faire arrêter et renvoyer en maison de correction ? T'as envie qu'ils te refassent tout ce qu'ils t'ont fait la première fois ?

— Tais-toi. » Murphy a jeté un coup d'œil dans ma direction, puis il s'est tourné vers Doyle. « Pourquoi je me ferais arrêter ?

— Complicité de destruction d'une propriété gouvernementale ou une connerie dans le genre. » Doyle sentait qu'il commençait à ramer, si bien qu'il a joué la seule carte que Murphy allait comprendre. « Et s'ils font une enquête ils vont choper Matthews et on aura plus de fournisseur.

— OK, je dois dire quoi, déjà ? »

Une fois notre histoire au clair, Doyle a couru vers la sortie de secours, à une vingtaine de mètres des toilettes, et il l'a ouverte. L'alarme nous a déchiré les oreilles. Il est revenu aux toilettes, et là on s'est poussé dans le ventre chacun notre tour pour avoir la respiration hachée. Quand on a entendu des claquements de pas dans le couloir, on est sortis en titubant et on est tombés nez à nez avec un vigile perplexe, un type d'une soixantaine d'années avec des cheveux gris clairsemés et des lunettes à grosse monture. « Putains de nègres », a dit Doyle en regardant à droite et à gauche. Il a repéré la sortie et il l'a montrée du doigt. « Ils se sont barrés par là. »

Le vigile a fait un pas hésitant vers la porte, mais Doyle lui a attrapé le bras avec la main gauche, et avec la droite il m'a attiré à lui. Il a montré ma main blessée au vigile et il lui a dit : « Faut qu'on aille à l'hôpital, vite. »

Avant que le médecin des urgences ait fini de me recoudre, la télé et les caméras étaient déjà là.

12

Qui n'a pas envie d'être un héros de son vivant ? En Amérique, c'est le grand mythe directeur, du moins pour les garçons. Quand j'étais petit, je restais des heures seul dans ma chambre, à sauter de mon lit en faisant des moulinets avec ma règle, intrépide bretteur capable de repousser tout un équipage de pirates, ou bien mousquetaire à la lame trop rapide pour deux douzaines de chevaliers maléfiques.

Mon héros préféré était Zorro, le vengeur masqué. Le renard, libre et sauvage. Il était riche, beau, spirituel et courtois. Il menait un noble combat contre un gouvernement de pitres. Et surtout, il n'avait pas besoin d'alliés. Il se battait seul. J'étais particulièrement séduit par son costume noir, couleur des méchants, de la mort, de la poésie. Couleur de l'action.

Au lycée encore, je voulais être Zorro. Je voulais posséder toutes ses qualités, être audacieux, sauvage, libre, intouchable. Le seul aspect de lui dont je ne voulais pas était en réalité le seul qui nous rapprochait : la solitude.

Je détestais être seul, mon isolement me rongeait. Bien sûr, j'avais Doyle et Murphy, mais ce n'étaient pas de vrais amis. Nous étions des marginaux et nous traînions ensemble parce que personne d'autre ne voulait de nous. Je passais mes journées avec eux par peur de rentrer dans un appartement vide avec un téléphone muet. Je les imitais, je fumais de l'herbe et je prenais des cachets, parce que si je ne les avais pas imités, ils ne m'auraient plus autorisé à traîner avec eux. Et alors, qu'est-ce que j'aurais fait ?

En y repensant, je me demande si ma fascination pour Zorro est due au fait qu'il paraisse confiant, maître de lui. Heureux. Je devais croire qu'il allait m'apprendre à vivre dans ce monde.

La plupart du temps je me sentais creux, mal, dévoré de l'intérieur. Et la compagnie de Doyle et Murphy n'y changeait rien, même si la défonce m'aidait à le cacher. Le pire, c'est que j'avais honte de ce que j'éprouvais et que je le taisais comme un secret honteux. Je n'imaginais pas que quelqu'un d'autre éprouve la même chose. Dans ma classe, dans la rue, tout le monde avait l'air content, en sécurité. Pourquoi est-ce que moi je n'allais pas bien ?

Il ne fallait surtout pas que les autres découvrent ce que je ressentais vraiment, sinon on se serait moqué de moi, on m'aurait méprisé, rejeté, et j'aurais fini encore plus seul. Toute tentative de sortir de mon isolement en créant des liens, en révélant mes émotions, se heurterait forcément à un mur, je deviendrais la risée de tout le monde et mon isolement n'en serait que plus grand.

Alors je dissimulais. Je souriais, je travaillais et j'avais de bonnes notes. Je travaillais surtout parce que ça me permettait de tuer le temps. Je m'assurais d'avoir de bonnes notes pour l'attention qu'elles me valaient, si mince soit-elle (un bravo ici, là une tape dans le dos, de temps en temps un « T'as eu un A ? »

de la part de mes parents incrédules). Toute attention, tout contact, était mieux que rien.

En plus, les notes étaient une manière d'inclure mon père dans ma vie, même si son attention n'était guère qu'une petite flamme, une brève lueur vite éteinte.

Chaque fois que je rapportais un bulletin, il s'asseyait avec moi à la table de la cuisine et lisait les noms des matières, suivait la ligne avec le doigt, annonçait la note correspondante et grommelait un « Bien ».

À la fin, il plongeait la main dans la poche de son bleu et y piochait une poignée de pièces. Pour chaque A ou B, il laissait tomber un quarter sur la table en Formica, puis il poussait le tout vers moi.

J'empilais les pièces, je souriais à mon père, et invariablement il hochait la tête, soupirait et marmonnait : « Allez, on y retourne. »

Il reculait sa chaise, se levait en se tortillant lentement, l'air d'essayer de s'extirper de quelque chose qui le comprimait, et il marchait jusqu'à la porte qui donnait sur le couloir puis sur l'extérieur.

C'est peut-être mon imagination, mais j'avais l'impression que quelque chose le retenait, qu'il partait à contrecœur, qu'il avait encore envie de dire ou de faire quelque chose avant de partir. Je me penchais sur la table et j'entourais ma petite pile de pièces avec mes mains. Quand mon père s'en allait sans un regard en arrière, ma peau se fendait, se creusait, s'enfonçait, prête à s'effondrer sur la béance que je cachais en moi.

Je savais que, si je continuais à sourire et à avoir de bonnes notes, personne ne soupçonnerait jamais la vérité – que j'étais une chose fragile et cristalline, dépourvue de colonne vertébrale et de muscles, une surface gonflée dissimulant un abîme.

Vous imaginez donc ce que j'ai pu ressentir en

arrivant à l'école le lendemain de mon « agression », quand les élèves et les professeurs, que je ne connaissais pas pour la plupart, ont accouru pour me féliciter pour mon courage, me demander, inquiets, si j'allais bien et si je pouvais leur raconter, encore et encore, l'histoire avec mes propres mots. Il y avait eu un entrefilet dans le journal, enjolivé par Doyle, par Murphy et par tous ceux qui avaient relayé l'histoire dans le parking, sur des coins de trottoirs, dans toute la ville.

Les filles souriaient, touchaient mon bras bandé, passaient la main dans leurs cheveux, battaient de leurs cils maquillés, riaient quand je rougissais, caressaient la manche de mon cardigan comme pour jauger la marchandise. Les garçons me donnaient des claques dans le dos, criaient : « Bien joué ! », levaient le poing en signe de soutien et d'approbation.

Toute la journée, que ce soit en classe, dans les couloirs ou à la cafétéria, des gens sont venus me parler, me taper dans le dos, ou autrement ils se contentaient de rester près de moi, à croire que je pouvais leur transmettre un pouvoir. On m'a invité après les cours, à venir dans la maison de personnes pour qui je n'existais pas la veille encore, alors que je les côtoyais depuis le collège.

J'étais submergé, j'étais un de ces prisonniers de guerre qui viennent d'être libérés et arrivent à leur banquet d'accueil. Je ne pouvais pas faire grand-chose d'autre que sourire et acquiescer devant ce festin, ce paradis. J'allais bientôt me goinfrer.

La seule personne à ne pas me faire la fête a été Masha. Je me disais, en fait j'espérais, qu'elle était intimidée par toute l'attention que je recevais. Je voulais qu'elle voie en moi quelqu'un de populaire, de désirable. Je voulais qu'elle voie les autres filles glousser, me toucher le bras. Je voulais qu'elle se sente en danger, pas à la hauteur.

Ainsi, elle ne verrait peut-être pas à quel point je manquais d'assurance ; elle me serait peut-être reconnaissante de consentir à être son petit ami. Si elle se croyait inférieure, elle ne saurait pas que je la pensais trop bien pour moi. Et si elle me pensait trop bien pour elle, alors j'aurais une chance de la convaincre d'être ma petite amie. Elle ne saurait pas ce que je ressentais au fond de moi – que je n'étais pas à la hauteur.

Je marchais dans le couloir qui reliait les deux bâtiments de notre école. Les hautes fenêtres laissaient entrer une lumière pâle, rassemblée en un nuage clair sur le plafond. J'avais l'impression d'être la vedette d'un cortège. Même mon prof principal, M. Prusaitus, m'a salué de la tête et a souri quand j'ai fait mon entrée. Pendant que je me dirigeais vers ma place, des élèves d'autres classes venaient passer la tête par la porte. Tout le monde tournait vers moi des yeux admiratifs. Je me suis arrêté pour regarder Masha, je lui ai souri, j'ai attendu quelques paroles de félicitation, une phrase sur mon courage. Au lieu de ça, elle a baissé les yeux vers ma main bandée.

« Ils ont utilisé une aiguille et du fil ? elle a demandé.

— Oui », j'ai dit en détournant le regard, l'air confronté au souvenir d'une torture. Je me suis composé une expression de bravoure stoïque.

Ma main était serrée dans une bande maintenue en place par du sparadrap. Je la tenais en l'air comme une idole à vénérer.

« On me l'a fait une fois. L'aiguille et le fil. Comment on dit, coudre ?

— Qu'est-ce qui t'était arrivé ?

— C'est mon père, il m'a frappée. Il aimait pas…

mon ami. » Elle a montré une petite cicatrice sur l'arête de son nez, près de son œil gauche. Elle s'est penchée vers mon oreille et m'a chuchoté : « Et après il m'a empêchée de sortir. Il… hum, avec la corde… ? »

Et pile au moment où j'allais lui demander Comment ça ? une fille avec une crinière rousse et bouclée s'est arrêtée près de mon pupitre pour dire : « Super cool.

— Excellent », a ajouté un garçon qui avait des cheveux jusqu'à la taille, en passant dans la rangée.

Masha les a regardés et elle a penché la tête. Je ne comprenais pas pourquoi elle ne me lançait pas de fleurs, elle aussi. Puis elle a dit : « Viens. Donne à moi ton bras. » J'ai senti dans sa voix une pointe de devoir, plus que d'inquiétude. Mais j'ai oublié tous mes doutes quand elle a pris mon bras avec tendresse, l'a blotti au creux du sien, a fait sortir la pointe d'un stylo à bille et a écrit : « J'espère tu iras mieux bientôt. Masha. »

J'ai été ennuyé qu'elle ne signe pas « Je t'aime », mais ce sentiment a été tout de suite balayé par l'afflux d'élèves autour de moi, qui mouraient tous d'envie d'ajouter une pensée et leur signature.

Je me suis carré sur ma chaise, rayonnant. Masha m'a fait un petit sourire triste et elle est retournée à son pupitre.

Ce jour-là, elle ne m'a pas demandé une seule fois de la guider jusqu'à sa classe. J'en ai été blessé pendant quelques secondes. Mais toutes les attentions que je recevais m'ont aidé à le refouler. Qu'elle aille se faire voir. En moi, une sensation d'injustice frémissait comme une petite casserole sur un feu à l'arrière de la cuisinière, que l'on cesse de surveiller à cause de toutes les marmites qui bouillonnent à l'avant.

Un attroupement me suivait d'une salle à l'autre. Au

déjeuner, une bonne dizaine d'élèves m'ont offert leur crumble aux pommes, et j'étais assis au milieu d'un double cercle d'élèves qui restaient debout. Dix-sept filles, dont une moitié de très jolies, m'ont demandé de signer leur agenda.

« Hé ! C'est le casseur de nègres ! » a lancé un garçon au moment où je sortais de la cafétéria pour retourner en classe. C'était Barry Dahmer, nouveau *running back* de l'équipe de football, un garçon trapu, musclé, qui avait une mèche longue sur le devant et le regard vitreux et dénué de profondeur d'un chien de garde. J'ai tiqué, mais il a levé les deux pouces en l'air, traversé la salle pour me donner une tape amicale sur le bras, et dit : « Le premier qui te cherche des emmerdes, il aura affaire à moi. »

J'ai senti une douce chaleur me monter aux joues à la promesse de cette protection. Et puisque mon cercle de fans a ri, j'ai ri aussi.

Seul mon prof de sociologie, M. Regan, un type rougeaud qui perdait ses cheveux et deviendrait plus tard inspecteur avant de tout perdre pour avoir couché avec une pom-pom girl qu'il finirait par épouser, ne s'est pas joint à la fête. Quand je suis entré dans sa classe, il m'a passé le bras autour des épaules et m'a chuchoté à l'oreille : « Qu'est-ce que tu fiches avec Doyle et Murphy ? »

Mais c'était la dernière heure de la journée, et je m'étais tellement goinfré que sa réflexion m'a fait l'effet d'un rot, un truc désagréable mais qui passe vite. J'ai haussé les épaules et je l'ai planté au milieu du couloir, les mains sur les hanches.

Et Doyle et Murphy dans tout ça ? L'attention qu'on leur témoignait était réticente, minime. Sur le moment, j'ai pensé que les projecteurs s'étaient braqués sur moi parce que c'était moi qui étais passé à la télévision. C'était moi qui m'étais fait raccommoder à l'hôpital ; c'était moi le premier de la classe.

Doyle et Murphy, eux, c'étaient des fauteurs de troubles, on les voyait en route pour la prison. Les profs ne les aimaient pas. Les autres élèves ne leur faisaient pas confiance. Dans le coin, la plupart des gens n'auraient pas versé une larme s'ils avaient été taillés en pièces.

Doyle le comprenait probablement. Il se contentait de faire profil bas et acceptait les quelques hochements de tête qu'on lui adressait. Murphy suivait ses ordres. Mais j'ai senti de la méfiance dans leur regard chaque fois que nos chemins se sont croisés ce jour-là.

C'est-à-dire pas très souvent. Nous étions sur des voies différentes : j'étais sur le chemin de la fac tandis qu'eux allaient à l'atelier ; ils étaient voués à l'emploi, pas aux études.

J'étais incapable de le formuler à l'époque, mais maintenant que je baignais dans l'attention des autres, d'élèves qui auparavant ignoraient mon existence, je commençais à y voir une opportunité, un moyen d'échapper à Doyle et à Murphy, de me faire une vraie vie avec des amis normaux. J'ai donné mon numéro de téléphone à quatorze personnes, dont trois filles, qui ont juré qu'elles m'appelleraient ce week-end-là. (Aucune ne l'a fait, mais sur le moment j'y ai cru.) Je me disais que ce serait génial, si seulement… si seulement Doyle et Murphy voulaient bien me laisser partir.

J'en étais à calculer qui était en position de pouvoir dans cette situation – eux ou moi – quand, peu avant la fin de la dernière heure, une annonce a grésillé dans le haut-parleur, demandant que Doyle, Murphy et moi allions sur-le-champ dans le bureau du principal.

13

Je suis sorti avec une prof pendant mon deuxième mandat à la tête du conseil municipal. Une membre de mon équipe de campagne, en fait, mais c'est une erreur sur laquelle je n'ai pas envie de m'attarder.

Elle était petite, vive, avec des yeux tellement grands qu'ils auraient pu être laids sans ces pupilles d'un marron profond, chaud, vibrant, qui exprimaient un enthousiasme universel. Quand elle parlait, elle levait les mains et écartait les doigts, elle secouait la tête et son épaisse chevelure châtain se balançait au-dessus de ses épaules tandis qu'elle écarquillait ses yeux immenses. Son enthousiasme était contagieux, et épuisant.

« Dans mon cours sur la petite enfance, on a appris un truc qui s'appelle la Théorie de l'attente, m'a-t-elle dit en fixant sur moi son regard excité. Si tu as de grandes attentes pour un enfant, il va essayer de se montrer à la hauteur. Si tu lui dis que tu penses qu'il va se planter, il va répondre à tes attentes. Et c'est pareil pour nous. » Elle remuait la tête et souriait. « Stewie, on n'en est qu'au début – tu as une grande carrière qui s'annonce, moi j'ai ma propre classe, et il y a une super relation qui commence entre nous. »

Notre romance n'a pas duré. Par ma faute. C'était la première prof avec qui je sortais. Mes années d'école étaient encore trop fraîches, et avec elles mes idées ridicules de ce que devait être une prof – parfaite, virginale et maternelle.

Sans compter que je n'avais pas encore appris à contrôler mes penchants sombres.

Elle brûlait parfois ce qu'elle cuisinait, exprimait ses doutes quant à sa capacité d'enseigner l'alphabet à des enfants de six ans, et – le plus effrayant à mes yeux – elle avait des appétits sexuels extraordinaires. Sa libido me sidérait. J'avais autant de désir qu'elle, mais à cette époque seuls les hommes étaient censés aimer le sexe – c'était ce que voulait la croyance populaire.

Quand nous avions fini, une fois assouvies nos pulsions aveugles, je me demandais systématiquement comment elle pouvait me faire des choses pareilles le soir, puis aller travailler avec des enfants le lendemain matin. Ses appétits me terrifiaient. Cependant, j'étais tellement excité que je ne faisais aucun effort pour brider mon imagination. Désir et horreur à parts égales. Jusqu'où pouvais-je la pousser ? Me pousser ?

À chaque limite dépassée, j'éprouvais de la peur et de la haine pour elle autant que pour moi ; et pourtant, je ne pouvais pas m'empêcher d'aller encore plus loin.

C'est elle, des années plus tard, qui a été persuadée que les cordes et les aiguilles n'étaient pas son idée. Elle a dit qu'elle était sous mon emprise, et qu'elle était encore hantée par cette nuit-là. Elle avait cru que c'était mutuel, mais à présent elle comprenait que ce n'était pas le cas.

La plupart de mes conseillers ont ri, ont voulu lancer une campagne de rumeurs dans la presse sur « sa vraie nature ». Je m'y suis opposé. Je méritais ce qui se profilait, sinon pour elle, pour… bon. Et si elle avait raison ? leur ai-je demandé en lisant la lettre.

C'est la dernière femme que j'ai fréquentée. Après ça, je me suis méfié de moi.

Mais ce n'est pas d'elle que je veux parler ici.

C'est d'Emmett, Doyle et Murphy.

Se sont-ils abaissés à ce qu'on attendait d'eux ? Ou bien ont-ils été assignés à des rôles dont ils ne voulaient pas, leur a-t-on coupé les ailes pour les obliger à tomber ?

Emmett, nous savons ce qui lui est arrivé.

Doyle est mort d'une overdose peu après avoir lâché le lycée. Je pense qu'il l'a fait exprès. Il connaissait les quantités dangereuses, savait préparer la dope, et pourtant… Ses démons ont pu s'associer pour finir par le pousser dans le gouffre qu'il avait passé sa vie à ignorer.

Murphy a fait de la prison pour vol à main armée et tentative de viol – il a séquestré une employée du 7-Eleven dans les toilettes avec un paquet de chips et deux bouteilles de liqueur de malt. Il l'a forcée à en boire une, pensant que ça la rendrait plus docile. En prison, il s'est pendu dans sa cellule. Personne ne sait où il a trouvé la corde. Personne n'a cherché à savoir.

Tous les deux, ils sont devenus les moins que rien que tout le monde avait vus en eux. Moi compris. Je faisais partie des Tout-le-monde qui les avaient connus et avaient voulu les voir disparaître.

Ma mère… je n'arrive pas à appréhender ce qui lui est arrivé. Quant à mon père, eh bien…

Et Masha ? Attendait-elle quoi que ce soit de l'un d'entre nous ? Ses attentes pouvaient-elles être autres que sinistres ? Avait-elle raison ?

Et moi ? Qu'est-ce que j'attendais de nous ? pour nous ?

14

Quand je suis arrivé dans le vestibule du bureau du principal ils y étaient déjà, ils attendaient dans des fauteuils scoop en plastique devant le guichet qui séparait l'administration et les élèves.

J'ai pris le fauteuil du milieu. Doyle s'est approché et ses lèvres ont effleuré mon oreille. Ses mots me sont parvenus enveloppés d'une brume de postillons. « Répète notre histoire. Change rien. Si on reste soudés, ils pourront pas prouver qu'on a menti. »

Sur ma droite, Murphy s'est penché vers moi et a répété en boucle : « Je te bute. Je te défonce. Si tu dis un seul mot je te jure que je te défonce ta petite gueule. »

Effondré. Abattu. Brisé. Comment exprimer cette sensation de dégringolade physique autant qu'émotionnelle ? La descente brutale dans la désolation.

J'avais si souvent raconté l'histoire de mes exploits, absorbé tant de louanges et de gentillesse que je commençais à croire que l'agression au centre commercial avait réellement eu lieu. Assis dans le vestibule, avec Doyle et Murphy qui m'avertissaient et me menaçaient, je sentais s'écrouler davantage qu'une façade.

Mon identité, mon être, vacillaient comme un immeuble qui implose, s'effondre sur des charges explosives soigneusement réparties.

Qu'étais-je devenu ? Qu'est-ce qui allait m'arriver ? L'expulsion était le dernier de mes soucis. Comment supporter la honte de remonter ces couloirs sous les rires et les moqueries ? Que ferait mon père quand il apprendrait que son fils unique avait non seulement menti, mais menti en public et s'était couvert de ridicule ?

Et Masha ? Comment la regarder en face ? J'avais tout gâché. J'étais certain que la chance d'avoir une petite amie ne se représenterait plus jamais. J'allais devenir le paria, l'exclu, la cible de toutes les railleries dans la rue, et ma peau s'écaillerait pendant que je traverserais la foule qui me conspuerait.

Mes lèvres se sont mises à trembler ; les larmes me piquaient les yeux. J'allais me prendre le visage dans les mains pour pleurer, quand le principal est arrivé.

Il était grand, les épaules droites et le torse bombé, et il portait une veste de sport à rayures bleues déboutonnée révélant une large cravate marine qui ne couvrait que les trois premiers boutons de sa chemise blanche. Il avait une tête longue et rectangulaire, coiffée par des cheveux noirs courts et denses. On l'appelait Lurch.

Il a tapé de la main sur le guichet en le contournant pour nous rejoindre. Il était suivi par un type sinistre, hirsute, et habillé sans soin (pantalon froissé, chemise jaune avec manches retroussées jusqu'au coude). Tout en s'approchant, il a collé un gros appareil photo devant son œil.

« Oh ! Attendez ! Vous avez pas le droit de nous

prendre en photo sans l'autorisation de nos avocats ! » a fait Doyle en se cachant le visage, paumes vers l'avant comme pour repousser un agresseur.

Le type à l'appareil photo a adressé un sourire en coin au principal, qui a pris un air écœuré. « Ils sont modestes, vos héros. Ils ont pas envie d'avoir leur tête dans le journal.

— Mes héros », a répondu le principal sans enthousiasme. J'ai remarqué que les fines mèches de cheveux gras rabattues sur le sommet de son crâne reflétaient la lumière des néons.

Il a remonté ses lunettes sur son nez, plongé les mains dans les poches de son pantalon en laine grise. Secouant la tête, il a refait le tour du guichet et s'est engagé dans le couloir de son bureau.

« Qu'est-ce qui se passe ? » a demandé Doyle.

Murphy, le menton agressif, a ajouté : « On a des droits constitutionnels.

— Sans blague », a fait le photographe. Il a passé la main dans ses cheveux qu'il ne pouvait pas ébouriffer davantage. « Et tu l'as lue, la Constitution ? »

Avant que Murphy n'ait le temps de prouver son ignorance, la porte du bureau s'est ouverte sur un homme qu'on aurait cru débarqué tout droit du XIXe siècle.

Il portait des bottes marron à semelles cloutées et un pantalon jodhpur fixé à sa bedaine par une ceinture noire. Sur ses épaules, un pardessus en tweed ressemblait à une grande paire d'ailes repliées. Un chapeau à la Sherlock Holmes disputait à une pipe en écume de mer le titre de détail le plus prétentieux de sa tenue.

« KDD », a dit l'homme en ôtant la pipe de sa bouche et en braquant vers nous le tuyau où s'était imprimée la marque de ses dents. C'était lui, KDD, le type qui écrivait l'édito du journal tous les samedis depuis vingt-deux ans ? Ce qu'on avait de plus proche d'une célébrité littéraire. Probablement l'homme le plus connu de la ville.

« Les gars, je vais vous rendre célèbres. Cadeau de la maison. » Il a levé rapidement la main, baissé la tête. « Pas la peine de me remercier. C'est la société qui devrait vous remercier pour ce que vous avez fait. Toute cette chienlit – les émeutes, les manifestations, les villes qui brûlent et je ne sais quoi encore. Vous êtes une bouffée d'air frais. »

Doyle, Murphy et moi on s'est regardés en se retenant d'éclater de rire. KDD s'est tourné vers la secrétaire, et les pans de son manteau ont voltigé derrière lui. « Silence ! »

La femme au guichet a arrêté de taper. C'était une femme âgée, aux traits lourds, dont les cheveux blancs étaient serrés dans un chignon qui faisait un petit chapeau sur le sommet de son crâne. Elle portait une robe à col de dentelle boutonné jusqu'au cou. « Je vous demande pardon ? » elle a bredouillé.

KDD a pivoté vers nous avec un hochement de tête et un clin d'œil. La pipe était coincée entre ses molaires droites. Il a ouvert grand l'œil gauche, plissé le droit et s'est retourné vers la femme. Il a sorti la pipe de sa bouche et l'a pointée sur elle. Un filet de salive a dégouliné de l'embout sur le guichet.

« Si je veux pouvoir composer quelque chose de convenable, j'ai besoin d'un espace où je peux me concentrer. » Là, il a pris une posture pensive, observé les rangées de néons au plafond. « Qui sait où la muse me mènera ? Peut-être à des vers… oui, quelque chose d'homérique. Un poème en l'honneur de ces trois héros. Une ode. Oui, c'est ça, une ode. »

La secrétaire a suivi du regard la tige de la pipe qu'il braquait à nouveau sur nous. Nous étions aussi largués qu'elle.

Nous aurions pu perdre notre sang-froid si le photographe n'était pas venu s'accouder au guichet, face à KDD, pour annoncer sèchement : « Bon, Shakespeare, le boudoir est prêt pour l'interview », avant de tourner les talons et d'ouvrir la marche dans le couloir.

KDD a pointé sa pipe sur moi, m'a décoché un nouveau clin d'œil, a fait un geste en direction du photographe et dit : « En route, mes vaillants amis. »

Sachant que nous allions exploser de rire si nous nous regardions, Doyle, Murphy et moi n'avons pas quitté des yeux la moquette beige jusqu'au bureau de l'infirmière, où tout avait été débarrassé à part la table et trois chaises pliantes disposées devant un dessin grandeur nature d'un squelette suspendu au mur.

L'article de KDD est paru le samedi suivant, accompagné d'une photo de moi seul, l'air perplexe, qui regarde vers la droite pendant que, au-dessus de mon épaule gauche, le squelette a l'air de regarder l'article à côté de ma photo.

LE MOT DE KDD

Aujourd'hui, nous avons composé un poème en hommage à trois vaillants garçons qui ont été lâchement agressés par une bande de sauvageons au centre commercial et ont survécu. Oyez !

Ode à nos héros
Par KDD

Nous avons eu le plaisir
de rencontrer
trois héros !
De nobles gaillards,
vainqueurs
de leurs ennemis !
Trois garçons
et sûrement pas
trois zéros !
Surtout celui
dont le nom est
Stewie !
Il a tenu tête
à ces odieux Maures !
Un groupe de vingt
qui voulait sa mort
Et s'est tant battu
qu'à la fin le sang
s'écoulait de ses pores !
Le sang dégoulinait
comme fond une glace
à la cerise !

Stewie fut
le plus brave
de la bande
Il triompha
des vilains !
Et maintenant
(c'est notre intuition)
il faut les bouter
hors de notre ville !

Ce n'est qu'une petite bafouille, selon la formule consacrée. Mais, conseil de KDD, n'oubliez pas ceci : regardons qui descend des bateaux avant de poser des rails et de construire des gares. Il est peut-être temps d'en renvoyer quelques-uns là où est leur place. C'était KDD, en un mot comme en cent.

15

« Il a raison ! » a beuglé mon père. Sa tête a émergé de sous le capot de sa voiture et il a regardé les voisins massés sur le trottoir, tous munis du journal du matin, ouvert à la rubrique de KDD. Ils s'étaient arrêtés pour féliciter mon père d'avoir élevé un si bon fils.

J'étais agenouillé sur le ciment près de la portière arrière, j'époussetais les tapis de sol avec une balayette. J'avais fait mine de ne pas trop prêter attention aux hommes qui chacun leur tour lisaient la rubrique à voix haute, félicitaient mon père et me donnaient une tape sur l'arrière du crâne. Le contenu de l'article m'ennuyait un peu, même si, pour être honnête, ce qui m'ennuyait le plus, c'était que les rimes étaient nazes. Malgré tout j'étais fier de recevoir l'attention des voisins. Mais aussi un peu déconcerté.

Les pères étaient venus, mais pas leurs fils. Si j'étais devenu aussi super, pourquoi leurs enfants ne venaient pas me voir ? J'avais beau monter vérifier toutes les dix minutes, aucun de ceux qui avaient promis de m'appeler ne l'avait fait. D'où mon malaise.

La vérité, c'est que je ne m'attendais pas à ce qu'ils viennent. Il y avait des années que les gosses du quartier ne prenaient plus la peine de m'inviter à participer à leurs jeux. C'était de ma faute. C'était moi qui avais arrêté le sport. Depuis mes dix ans, je refusais toutes les propositions de parties de base-ball ou de hockey dans la rue, ou même d'aller dans la ruelle où un panneau et un panier de basket sans filet étaient fixés à un réverbère.

Ce n'était pas que je n'aimais pas le sport. J'adorais la compétition. Le problème, c'est que j'étais trop petit, trop lent, que je manquais de force et de coordination. J'étais tout le temps le plus mauvais et je ne le supportais pas.

Quand mon équipe perdait, c'était parce qu'elle avait dû me prendre avec elle. Quand elle gagnait, les autres se servaient de ma présence pour chambrer nos adversaires – « On avait Stewie et on a quand même réussi à vous battre ».

Incapable de répondre aux piques incessantes, incapable de me défendre à coups de reparties spirituelles ou sarcastiques, j'ai arrêté le sport. J'ai arrêté pour ne plus avoir à supporter les insultes qui me laissaient l'impression d'être une chose molle, fatiguée, rance.

Je suis resté devant la télé. Souvent, ma mère me fichait à la porte en disant : « Va prendre l'air. Va jouer dehors. »

Au lieu de ça, je me baladais à vélo, seul, je partais loin de mon quartier jusqu'à des endroits où les maisons avaient chacune leur jardin, où elles étaient toutes distinctes de celle du voisin. J'enviais leur intimité et leur indépendance.

Mes échecs faisaient honte à mon père. Une fois, il m'a même traité de tarlouze parce que je lisais les X-Men dans ma chambre au lieu d'aller jouer au foot dans la rue avec les autres gamins.

Mais à présent, l'article de KDD avait fait de moi

un vrai bonhomme, deux poings et un sang bien rouge. Pour blaguer, les types du quartier m'appelaient « le petit coq » et « Galahad junior ».

Mon père ne lisait pas l'article de la même façon. Il ne retenait pas mes actes et se concentrait sur le message de KDD.

« Il a raison, faut les renvoyer chez eux, il a dit en s'essuyant les mains dans un torchon gras et rouge qui pendait de la poche de son bleu de travail. Vous les voyez, on les voit tous. Ils viennent renifler autour de l'usine, ils veulent nous prendre notre travail, à se pavaner comme s'ils avaient plus de droits que nous.

— Faut qu'on se bouge », a acquiescé Willy Stewart, un Écossais alcoolique aux épaules avachies. Quand j'avais sept ans, j'avais vu Mme Stewart, une petite femme laide en pantalon et galoches d'homme même lorsqu'il ne pleuvait pas, frapper leur fils aîné, Ben, avec un manche à balai parce qu'il était arrivé en retard pour le dîner.

Par la suite, du temps où j'étais maire, Ben, qui était devenu pédiatre, a perdu son autorisation d'exercer la médecine après que sa petite sœur l'a traîné en justice pour l'avoir agressée sexuellement quand elle avait cinq ans.

« Bien sûr qu'il faut qu'on se bouge, bon Dieu ! J'en ai marre de devoir me battre pour avoir du boulot, a dit mon père en retirant la sonde pour vérifier le niveau d'huile. D'abord c'est les Ritals, après c'est les juifs, et puis les Irlandais, les Boches, les Russkofs, les Mexicains et maintenant les basanés.

— Ils croient qu'ils ont tous les droits. Ils croient que tout le monde leur doit quelque chose. Toute ma vie je me suis crevé le cul et personne m'a jamais fait de cadeau, a dit Bobby O'Sullivan. Si on les renvoie d'où ils viennent, on pourra peut-être garder notre boulot. » Bobby avait essayé toutes les combines – vendre des revêtements en aluminium, ouvrir un resto de burgers, élever des chiens de garde (bergers et dobermans) dans un enclos minuscule derrière sa bicoque exiguë. Quand des gens se plaignaient des aboiements, il répondait : « Si tout le monde m'achetait un chien, y aurait plus de bruit. »

« Vous savez quoi », a dit Herman Rademacher, qui travaillait à l'imprimerie. Appuyé sur sa canne, il a remonté sa casquette grise de marin sur son front et a montré du doigt Bobby, puis mon père. « Les faibles, ils affaiblissent le pays. Faut mettre les indésirables à la porte. Faut qu'on se défende, nous, ceux d'ici. Ceux qui mettent la main à la pâte. On a pas besoin de cette racaille. » Sa voix s'est faite cassante et passionnée et il a levé un doigt en l'air. « Dehors la racaille !

— On pourrait les renvoyer en Afrique et devenir nos propres Nations unies, a dit mon père.

— C'est vrai, a acquiescé Willy en allant se mettre à côté de Herman. On pourrait créer les Nations unies d'Amérique. Ici c'est pas chez eux, chez eux c'est en Afrique. »

Les autres hommes ont laissé échapper des grognements et murmures d'assentiment.

Assise sur le perron, ma mère n'en perdait pas une miette. Elle est intervenue : « C'est pas un pays l'Afrique, c'est un continent », et a réduit les hommes au silence. Elle a tiré fort sur sa cigarette et soufflé un mince cône de fumée vers le ciel, puis elle s'est raclé la gorge. « Je vous écoute, et vous savez ce que je me demande ? »

Les hommes ont pivoté vers elle.

« Les hommes, ça se demande à quoi les femmes pensent, a dit mon père, et quelques-uns ont ri.

— Ah oui ? » Elle avait les jambes croisées et elle agitait un pied, la sandale pendouillant au bout du gros orteil. En les regardant l'un après l'autre, elle a demandé : « Vous savez de quoi vous avez vraiment peur, à mon avis ? Que s'ils arrivent dans l'usine, ils se mettent à parler à vos femmes. Et que vos femmes se mettent à regarder leurs… pieds ? » Il y avait de la moquerie dans sa voix.

Personne n'a moufté. J'ai entendu le roucoulement d'une colombe, le ronflement d'une voiture au loin. La rue étirait son bitume crevé d'ornières sur toute la montée. Je me suis adossé au cadre incurvé du châssis et j'ai regardé les hommes. À cette époque, je ne comprenais pas ce que voulait dire ma mère.

Mon père a claqué le capot. Tout le monde s'est tourné vers lui. Il était écarlate et tremblait de tout son corps.

« Bon sang, mais c'est une blague », a dit ma mère. Ses yeux sautaient nerveusement d'un homme à l'autre. Elle a tiré sur sa cigarette, enlevé un brin de tabac collé à sa lèvre et soufflé la fumée.

Les hommes ont détourné les yeux, regardé le trottoir ou les lignes téléphoniques. Ils ont roulé et plié leur journal, commencé à s'éloigner. Ils ont adressé à mon père un haussement d'épaules, un mouvement de la tête, un vague geste de la main, mais pas un seul mot.

Je n'avais aucune idée de ce qui se passait.

Alors, j'ai vu mon père faire une chose que je ne l'avais jamais vu faire avant. Il a fondu sur ma mère et il a craché : « Tu veux m'humilier devant les gars, c'est ça ? Ça te plaît de parler comme une pute devant tout le quartier ? » Ma mère s'est reculée, a ouvert la bouche pour répondre. Avant qu'elle puisse dire un mot, le bras de mon père est parti. Sa paume a fait un claquement puissant en frappant la joue de ma mère. La cigarette s'est envolée et a atterri sur la marche du dessous ; une mince volute de fumée argentée continuait à monter vers le ciel. Ma mère est partie sur le côté et elle est restée là, les bras levés pour se protéger le visage.

J'ai entendu M. O'Sullivan pousser un grognement approbateur. « C'est bien, a lancé M. Rademacher. Les femmes et les clébards… »

Mon père allait cogner encore et je ne sais pas ce qui m'a pris mais j'ai crié « Arrête ! » et je me suis précipité pour retenir son bras. Il s'est débarrassé de moi aussi facilement que si je ne pesais rien, m'a repoussé sur le trottoir, puis il est descendu se planter au-dessus de moi, mi-assis mi-couché sur le ciment. « Petit fiston à sa maman. Tu crois que t'es devenu un homme parce qu'y a eu un article dans le journal ? Tu te prends pour un héros ? Allez. Debout. Allez, lève-toi et je vais t'en mettre une que t'es pas près d'oublier. »

Lentement, je me suis allongé de tout mon long, les mains en l'air, paumes tournées vers lui, au-dessus de mon visage. Les voisins se sont éloignés en gloussant.

Mon père s'est retourné, il a écarté ma mère et lui a envoyé un petit coup de pied dans les jambes en passant. Il s'est baissé et lui a donné encore un coup sur le bras, du revers de la main, puis il s'est tourné vers moi. « C'est comme ça qu'on corrige les putes. » Après quoi il est rentré dans la maison en claquant la porte derrière lui.

Ma mère s'est relevée et elle a regardé la rue déserte. Elle avait la marque de quatre doigts rouges sur la joue gauche. Sur la droite, un bleu qui noircissait déjà. Un mince filet de sang coulait de son nez sur sa lèvre.

J'étais sans voix. Je n'avais jamais vu mon père frapper ma mère – il ne m'avait même jamais donné de fessée. Je ne savais pas quoi faire. Aller la voir ? Essayer de la réconforter ? Lui demander si ça allait ?

Elle a paru fixer un point en l'air quelques centimètres devant son visage. Ses yeux se sont durcis et j'ai vu qu'elle se retenait de pleurer. Elle serrait les dents si fort qu'elles auraient pu fusionner. Quand elle a rouvert la bouche, elle a avancé la langue et l'a glissée le long de ses lèvres pour nettoyer le sang.

Un long moment je l'ai regardée depuis le trottoir, trop effrayé pour bouger. Elle s'est rassise, les coudes sur la marche du dessus, et elle a baissé les paupières pour cacher ses yeux. Elle a croisé les jambes et remué son pied qui avait perdu sa sandale. Avec la main droite, elle a tâtonné en tremblant sur la marche jusqu'à trouver son paquet de Benson & Hedges. Elle en a sorti une cigarette qu'elle a coincée entre ses lèvres. Elle a ramassé son briquet Bic, fait naître une haute flamme, l'a approchée de la cigarette et a tiré longtemps et fort. J'observais l'extrémité qui brillait orange, puis l'orange s'est terni quand une cendre grise s'est formée. Ma mère a retiré la cigarette, entrouvert la bouche et soufflé une longue tige de fumée.

Alors je suis allé vers elle, sans réfléchir, et j'ai touché le sang qui coulait de son nez.

Elle a crié « Putain ! », elle a eu un mouvement de recul et elle a repoussé ma main, prête à se lever. « Me touche pas. Me touche plus jamais. Me touchez plus. » Elle a cherché sur la marche sa cigarette qui était tombée et elle l'a ramassée. « Fous-moi la paix.

J'ai besoin d'être seule. Va avec ton père. Ou avec tes copains. T'as pas de copains ?

— Mais j'ai rien fait.

— Va ! Va jouer aux héros ou à ce que tu veux. »

J'ai baissé la tête et l'ai contournée. Son sang était poisseux entre mon pouce et mon index. Sur le seuil de la porte je me suis retourné, mais elle ne me regardait pas. Elle ne me demandait pas de venir m'asseoir près d'elle. Elle ne me disait pas que tout irait bien.

J'ai porté les doigts à mes lèvres pour les nettoyer. Le goût était amer, cuivré, mais j'ai tout avalé en me disant que ça au moins elle ne pourrait pas me le reprendre. Au moins cette partie d'elle resterait toujours avec moi.

16

Le dimanche après-midi, lendemain de la parution de l'article de KDD, j'ai retrouvé le bout de papier sur lequel Masha avait noté son adresse. Je l'ai gardé au creux de la main pendant les huit kilomètres de marche jusqu'au Village.

Enfin, marche n'est pas le bon terme. Je me suis traîné. J'ai rebondi. J'ai fait semblant de sauter d'un poteau à l'autre, de me balancer entre les réverbères. Je n'avais pas peur. Personne n'allait venir me chercher des ennuis. Je me mettais dans la peau de Hank McCoy, alias le Fauve, mon héros préféré des X-Men, mon comics préféré.

J'aimais le Fauve parce qu'il était intelligent, s'exprimait bien, était athlétique et avait une repartie cinglante, et surtout parce qu'il était profondément seul.

Je me suis imaginé que j'étais attaqué par une bande de trois voyous en blouson de cuir, cheveux en arrière à la façon des Requins dans *West Side Story*. J'ai attrapé le câble de soutien d'un poteau téléphonique et j'ai tourné autour, mimé une balayette et expédié un des types au sol. Ensuite j'ai bondi par-dessus une dalle de béton, et dans ma tête je faisais un saut périlleux pour arriver devant les deux autres voyous qui me regardaient en souriant. Je leur ai mis un coup du gauche et un coup du droit, avec une vitesse et une force telles qu'ils ont voltigé dix mètres plus loin, atterri sur le trottoir et rampé loin de moi. Ils se sont enfuis, courant et boitant à moitié, en me lançant des regards terrorisés.

Dans mon imagination, leur fuite se mélangeait avec celle des agresseurs du centre commercial. Je voyais des noirs en blouson de cuir qui détalaient tête baissée dans le couloir vers la sortie. J'entendais leurs baskets qui martelaient le carrelage, je voyais les virgules noires de leurs semelles, j'écoutais leurs corps qui percutaient les murs dans leur débandade. Je leur criais : « Cassez-vous ! Sinon je vous démolis ! »

J'entendais le hurlement de l'alarme quand ils se précipitaient dehors, le bruit palpitant comme le sang qui jaillit d'une artère coupée.

C'était aussi net que les infos à la télé. Si j'y pensais suffisamment fort, est-ce que je pourrais le faire exister ? C'était si clair dans mon esprit, c'était forcément réel. Les choses que nous imaginons ne sont-elles pas aussi réelles que celles que nous voyons ? L'arbre est bien dans la forêt. Et si la réalité est ce que nous en faisons, alors…

J'ai atteint la pente qui descendait vers le Village. À ma droite, du côté est de la rue, la cité où Emmett Turner habitait avec son grand-père – cinq tours de cinq étages, une prison brune et terne, à la dérive sur le patchwork de goudron, terre et mauvaises herbes dans lequel elles étaient plantées. À l'exception d'un homme qui sortait de son Oldsmobile et gagnait la porte en verre du seul immeuble exposé à l'ouest – les autres étaient en biais, face à leur parking – il n'y avait pas un chat.

De l'autre côté de la rue, le Village, un quartier où se serraient des immeubles de trois et quatre étages avec perron et petite marquise flanquant des rues étroites. Des enfants se couraient après, riaient en zigzaguant sur l'asphalte, se faufilaient entre les voitures. Aux carrefours, des hommes discutaient, en cercles mal définis. Des femmes se regroupaient sur les perrons pour fumer, discuter et garder un œil sur le voisinage.

Je ne savais pas où aller. J'allais devoir demander mon chemin. À cette idée, Hank McCoy s'est replié dans une petite caverne de mon esprit. J'ai décidé de marcher au hasard et de compter sur ma chance.

Une rue plus large, manifestement l'artère principale du Village, s'est ouverte sur ma gauche. J'ai traversé en courant, mes yeux passant de l'épicerie Kravetz qui faisait un coin de la rue à ce que j'ai deviné être un bar et qui faisait l'autre. C'était un bâtiment bas en béton, avec des fenêtres en verre teinté, épaisses et impénétrables, qui occupaient toute la façade. Des traits de lumière vague et chancelante éclairaient le verre de l'intérieur sans rien laisser deviner de ce qui s'y trouvait.

Une petite enseigne blanche était fixée au-dessus de la porte en bois verte et indiquait, en lettres noires et trapues, Lithuanian Social Club.

J'ai vérifié le bout de papier dans ma main. Il était chiffonné et humide, les informations presque indéchiffrables. Masha – 113 quelque chose. Le nom de la rue n'était plus qu'une trace de crayon. J'ai cherché des plaques de rue, mais il n'y en avait pas. J'ai opté pour l'ouest, m'enfoncer dans le quartier.

J'ai gonflé la poitrine pour essayer de me grandir, et pris à gauche, puis à droite, et trouvé un pâté de maisons où les numéros commençaient à 91. J'ai marché deux blocs. Dans la brique du septième immeuble sur la droite était clouée une petite plaque en métal avec le numéro 113.

Mais je ne savais toujours pas si c'était la bonne rue ; je suis resté planté à examiner le revêtement en vinyle jaune qui couvrait les murs jusqu'au deuxième étage. Il y avait trois noms inscrits sur un morceau de papier scotché au-dessus de la fente percée dans la porte en bois, en pattes de mouche si petites que je n'ai pas réussi à les déchiffrer.

J'ai regardé autour de moi. À ma gauche, sur le perron voisin, deux femmes ont détourné la tête. À ma droite, trois portes plus loin, une femme âgée, foulard sur la tête, m'a rendu mon regard, et sa bouche pincée a tremblé, elle hésitait à me sourire. Elle s'est contentée d'un rapide signe de la tête.

J'essayais encore de lire les noms quand la porte s'est ouverte. Je l'ai prise en plein dans le front.

J'ai poussé un cri et reculé en titubant, les mains posées à l'endroit du choc.

Lorsque j'ai relevé les yeux, j'ai vu Masha dans l'encadrement de la porte, une main sur la poignée, l'autre avancée comme pour rattraper le cri qui venait de s'échapper de ma bouche.

Quelqu'un se profilait derrière elle, un homme. En me remarquant, il l'a poussée sur le côté. Il était grand, blond clair, une petite vingtaine, des traits anguleux bien qu'inégaux, taillés au couteau. Ses yeux bleus, petits et durs, se sont rivés aux miens. Il s'est avancé, la tête légèrement penchée sur le côté avec la méfiance qu'on réserve aux inconnus.

Il a fait craquer ses jointures et j'ai vu ses poings se serrer et se lever lentement.

17

Masha a tiré la porte derrière elle et elle est descendue sur le trottoir en sautillant. Elle a posé la main sur l'épaule de l'homme et lui a dit quelques mots dans une langue rapide que je n'ai pas comprise mais qui m'a semblé pleine de gargouillements, aqueuse et dure à la fois.

Elle m'a dit : « C'est mon frère Pavel. » Elle lui a parlé encore, et j'ai deviné que c'était du polonais.

Elle a fait un aparté rapide pour me dire, sans reprendre sa respiration, que Pavel avait vingt-deux ans et ne trouvait pas de travail parce que « il parle seulement un tout petit peu l'anglais ».

Ensuite, elle s'est retournée vers Pavel. J'ai entendu deux fois mon prénom mais n'ai rien saisi d'autre.

Pavel a opiné, m'a tendu la main et puis, agitant la main en l'air à la façon d'une queue de poisson, il a lâché quelques mots méprisants à Masha. Il a pioché un paquet de Camel dans la poche de son coupe-vent bleu et en a sorti une avec les dents. Il a levé les sourcils et m'a tendu le paquet. J'ai secoué la tête.

Il a rangé le paquet et sorti des allumettes, en a craqué une et l'a protégée avec ses mains pour embraser le bout de sa Camel. Il a jeté l'allumette sur le trottoir, a haussé les épaules et reculé de quelques pas.

Masha m'a fait un petit sourire crispé et a dit à Pavel : « Promets que… » puis elle a terminé en polonais, sur un ton grave, voire implorant.

Pavel a secoué la tête et ri, la cigarette serrée entre des dents gris-vert. Il a ignoré le regard suppliant de Masha et s'est tourné vers moi.

« Hé-ros, il a dit. Pareil Billy Jack. » Il a ri, a levé les pouces, s'est tourné vers Masha et a répété : « Hé-ros. » Il a remué le poing comme pour mettre Masha en garde. Et puis il est parti à grands pas rapides. Masha l'a appelé, une série pressante de syllabes insolentes. Il l'a fait taire d'un geste de la main, sans se retourner. Nous l'avons regardé pénétrer dans le bar au coin du pâté de maisons. De là où nous étions, le reflet du soleil sur la vitre noircie créait une flaque de feu liquide sur le trottoir.

« Alors pourquoi… tu es là ? elle m'a demandé en souriant.

— Qu'est-ce que tu lui as dit sur moi ? » Je raclais le ciment avec le pied et attendais qu'elle s'explique. Elle avait l'air pensive, préoccupée. Finalement, elle m'a fait un sourire forcé et a dit : « Je suis désolée. Encore une fois, s'il te plaît, ta question ? »

Du menton, j'ai désigné l'immeuble dans lequel avait disparu Pavel. « C'était quoi, ça ? »

Elle a secoué la tête et ses fins cheveux blonds se sont accrochés aux épaules de son pull en velours bleu roi. Leur éclat m'a coupé le souffle.

« Rien, elle a fait. Il a dit, euh, puisque tu es un "héros", il peut aller boire avec ses amis… mais ses amis ils boivent trop et je suis, comment on dit, inquiétée ? »

J'ai essayé de prendre une expression concernée et attentive. Au fond, j'étais content de me retrouver seul avec Masha et qu'un type plus âgé voie en moi quelqu'un capable de la protéger.

« Des fois il est, mon père est… ils sont, ils veulent s'occuper de moi… comme si je suis un enfant. Comment on dit ? » Elle a fait le geste d'attirer quelque chose à elle et de le serrer dans ses bras.

« Ils sont protecteurs ?

— Oui ! » Elle a souri. L'espace d'une seconde, j'ai été emporté par cette extase qui nous arrache à la terre, cette extase que l'on ressent uniquement à l'adolescence, quand notre première petite amie nous regarde dans les yeux et nous sourit parce qu'on a fait ou dit quelque chose qu'elle trouve malin.

Dans mon cas, cette sensation s'est dissipée rapidement. Je me suis demandé de quoi ils voulaient la protéger. Et je me suis rappelé les histoires de Doyle et Murphy, de mon père, les articles de presse.

« Ça va pas ? » m'a demandé Masha. Elle a incliné la tête et je me suis détourné pour regarder la rue.

Au coin le plus proche, trois hommes se sont arrêtés de parler pour m'observer. De l'autre côté de la rue, j'ai cru repérer des visages qui nous épiaient derrière les stores et les rideaux. J'ai tendu l'oreille – un bruit de course.

Quelqu'un a crié dans mon dos. J'ai sursauté et pivoté pour découvrir une fillette qui cavalait derrière un petit chien brun tirant sur la laisse qu'elle tenait du mieux qu'elle pouvait.

J'ai soufflé et souri à Masha, soulagé.

Avec douceur elle a pris ma main bandée dans la sienne. « Viens avec moi, elle a dit en caressant la bande du bout des doigts. J'ai une course à faire et ensuite on peut être libres. Viens. »

Elle a noué ses doigts aux miens, a serré légèrement et m'a emmené vers le centre. Elle me touchait ! Ça paraît idiot, mais je me suis senti près de m'évanouir. C'était la première fois que ça m'arrivait.

Les trois hommes au coin de la rue se sont mis à sourire si grand que j'ai pu voir toutes les dents de travers, tous les vides où il en manquait ; leurs langues roses se sont agitées quand ils ont baissé la tête pour me saluer, avec des approbations laconiques adressées à Masha. J'ai redressé le dos, fier, et je leur ai rendu leur sourire. Je ne m'étais jamais senti aussi bien.

Tous les gens que nous croisions nous saluaient de la tête, nous parlaient, semblaient heureux de voir Masha avec moi. J'étais abasourdi. Je ne pensais pas être aussi célèbre. J'étais une star. Même ici on me connaissait, alors qu'on ne parlait pas anglais.

Je comprendrais bien assez vite que leurs sourires, leurs signes et leurs énigmatiques mouvements de la tête étaient tous adressés à Masha. Ils l'encourageaient à laisser son passé derrière elle, à prendre une voie qu'ils estimaient bonne, à réparer les dégâts que sa conduite de l'été passé avait causés à la communauté. Ils lui pardonnaient leurs propres actions, dont ils faisaient reposer la charge sur elle.

Je ne savais rien de tout cela tandis que je me pavanais avec Masha en me sentant plus grand à chaque pas. Je ne savais rien de ce qu'elle avait fait l'été précédent, des disputes qu'elle avait provoquées ; de la honte que, à en croire les voisins, elle leur avait infligée. Et de ce qu'ils lui avaient infligé en retour.

Tout ce que je savais, c'est que j'étais dans un endroit où tout le monde semblait heureux de me voir.

De me voir avec Masha, qui me tenait la main, la serrait avec l'air d'être réellement attachée à moi. Et tout le monde souriait sans arrêt.

Je me disais que, ici, je n'aurais pas à me cacher ni à refouler, minimiser ou justifier ce que je ressentais. Je pourrais être celui que j'étais, Stewart Rome, quinze ans et amoureux transi. Ici, personne n'allait se moquer de moi ou me poser des questions, personne n'allait me juger.

Réfléchissez-y. Pensez à ce que ça fait de pouvoir évoluer dans le monde avec une liberté pareille quand on est adolescent.

« Pauvre Pavel », a dit Masha d'une voix détendue, tranquille. J'en ai conclu qu'elle préférait être avec moi plutôt que de s'en faire pour lui. Elle espérait peut-être que je lui donne un conseil. D'humeur généreuse, sincère, chevaleresque – héroïque –, j'ai décidé que nous n'étions pas obligés de parler de moi tout de suite. Nous aurions tout le temps d'évoquer mes exploits, mon statut à l'école et les louanges des hommes de mon quartier. Toutes ces choses que je croyais aptes à convaincre Masha que j'avais les épaules pour être son petit ami. « Qu'est-ce qui lui arrive, à Pavel ? »

Elle m'a raconté ses difficultés à trouver du travail. Il lui a fallu du temps pour trouver les mots. Elle m'a dit que, vu qu'il ne parlait pas la langue, il ne trouvait que des temps partiels pour nettoyer des toilettes ou laver le sol et les plans de travail d'une boucherie.

« Maintenant il déteste tout le monde. Les noirs. Les juifs. Même les Irlandais. Il croit que tout le monde l'empêche de travailler. Et il boit et il se bat. “Masha, Masha, il me dit. C'est eux qui commencent. Qu'est-ce que je fais ?” Moi je suis inquiétée. Il a pas assez de joyeux en lui. »

Je me suis mis à rire.

« Quoi ? elle a demandé en s'arrêtant. Pourquoi le rire ? » Elle ne m'en tenait pas rigueur, et ses lèvres ont dessiné un sourire.

« Peut-être qu'on devrait lui acheter un bidon de joyeux et lui faire le plein. Y a peut-être une pompe quelque part, comme à la station-service – on pourrait mettre le pistolet dans son oreille et lui donner quatre litres de joyeux sans plomb. »

Elle a ri et m'a donné une petite tape à l'épaule. « Comment je dois dire bien, pour le joyeux ?

— On n'a pas du joyeux. On est joyeux. On se sent joyeux.

— Mais tu l'as dedans, non ? Tu l'as ici. » Elle a posé un doigt sur sa poitrine, juste au-dessus de son sein.

J'ai regardé sa main, mes yeux sont descendus vers le renflement de son sein sous le velours. « Et toi, tu as du joyeux ? Ta famille, elle, hum, te donne du joyeux ? »

J'ai repensé à la veille, à la gifle de mon père, au sang sur les lèvres de ma mère, et je me suis efforcé de me débarrasser de ces images.

Masha a ri. « Est-ce que tu es… » Elle a approché la main de mes côtes en agitant les doigts. « Chatouilleux ? »

J'ai revu la main de mon père, son aller-retour. « T'as pas besoin de ça pour me faire rire. » À mon tour j'ai approché la main de ses côtes en agitant les doigts. Nous avons éclaté de rire.

« Ça y est, maintenant j'ai du joyeux », elle a dit, et elle a posé à nouveau un doigt sur sa poitrine.

Je faisais mon possible pour cacher que je la regardais – jamais je n'avais été aussi près d'un vrai sein.

Ma mère ne comptait pas. C'était ma mère, dans ma tête elle n'avait pas de vrais seins, de même qu'elle n'avait pas un vrai vagin.

En fait, je n'y avais plus pensé depuis mes douze ans, quand David DeConcini m'avait chuchoté en cours de bio que les femmes avaient des tétons comme tous les autres mammifères, sauf que lorsqu'elles avaient fini d'avoir des bébés, les tétons de nos mères se dissolvaient et le trou qu'ils laissaient se rebouchait, si bien que leurs seins étaient aussi lisses que des Tupperware.

David, qui avait trois sœurs aînées et devait savoir de quoi il parlait, m'a aussi expliqué que, avant que les filles aient des bébés, leurs tétons étaient pareils que la queue des lézards, on pouvait les arracher et ils repoussaient.

Ma curiosité avait été satisfaite, jusqu'à ce jour au Village quand j'ai vu Masha tapoter sa clavicule avec ses petits doigts. J'ai imaginé des queues de lézard sous son pull bleu.

Je me disais qu'elle n'avait sûrement pas encore eu de bébé et étais donc convaincu qu'elle avait des tétons, cachés par son soutien-gorge. J'ai eu envie de les toucher. Un jour, Doyle nous avait raconté à Murphy et à moi qu'il avait touché les tétons d'Ellen Stacey et que ça l'avait excitée et qu'ils s'étaient dressés. « Comme un diable dans une boîte », il avait dit.

Je n'avais pas osé lui demander s'il y avait un petit couvercle de peau qui les gardait à l'intérieur jusqu'au moment où ils devaient se dresser.

Tandis que je m'interrogeais en regardant Masha, j'ai senti durcir mon pénis. Il était plié dans mon slip et me faisait mal. J'ai essayé de bouger une jambe pour alléger la pression, mais discrètement car je ne voulais pas que Masha devine ce qui se passait. Mon visage était près du sien, traversé par un sourire idiot. Elle a baissé légèrement la tête. Est-ce qu'elle me regardait ? Je suis devenu tout rouge et je me suis mis à transpirer. J'étais à la fois horrifié et encore plus excité.

Quand elle a relevé les yeux, ils avaient une expression un peu rêveuse, voilée. Elle a dit : « Je me sens joyeux, et j'ai du joyeux parce que tu es venu me voir, monsieur le Héros. »

À cet instant, j'ai eu envie de lui demander de m'épouser. Mais j'ai seulement réussi à bredouiller : « Moi aussi. »

Rapidement, elle a regardé d'un côté et de l'autre. Elle a pris ma main, l'a serrée une seconde et m'a entraîné dans une ruelle. Dans l'ombre, elle s'est adossée à un mur, elle a fait glisser ses mains jusqu'à mes épaules, et en un seul mouvement fluide elle a levé la tête, fermé les yeux et m'a attiré contre elle.

À cet âge-là, je n'avais encore jamais embrassé personne. Je ne savais pas trop comment m'y prendre, donc j'ai pressé mes lèvres fermées contre les siennes et j'ai senti la surface de ses dents, la petite pointe de sa langue qui s'avançait, qui poussait contre mes lèvres pour les écarter. Elle voulait me donner un vrai baiser ! J'en avais déjà entendu parler, mais je visualisais mal comment ça se passait. Est-ce que je devais mettre ma langue dans sa bouche ? Elle sa langue dans la mienne ? Et après, on en faisait quoi ? Est-ce qu'il fallait la remuer, la tourner ? Si elle mettait sa langue dans ma bouche, est-ce que je devais l'aspirer ? Je réfléchissais tellement que j'ai serré les paupières et un feu d'artifice de points jaunes a éclaté.

Je me disais : Vas-y Stewie, fais-le, avec la voix de Doyle. J'ai ouvert la bouche et sa langue chaude a glissé sur la mienne. Puis j'ai plongé la mienne dans sa bouche, imité ses mouvements, et nous avons échangé un long baiser humide et désordonné. Ses bras se sont serrés autour de mon dos, et pendant un instant j'ai senti ses seins qui se pressaient contre ma chemise.

Et puis, d'un coup, elle s'est reculée. Avec un sourire complice et timide, elle a dit : « On peut nous voir. Je connais un endroit meilleur. Mais d'abord il faut aller chez le boucher. »

Elle m'a pris par la main et m'a ramené, abasourdi, à la lumière de la rue. Elle a frotté la joue contre mon épaule et l'y a laissée. J'ai penché la tête de sorte que ma joue touche la soie de ses cheveux. Nous avions une drôle de démarche, aucun de nous ne voulait se séparer de l'autre. C'est là que je me suis demandé ce qu'elle entendait par un « endroit meilleur ». Qu'est-ce que ça voulait dire ? Est-ce qu'elle y était déjà allée ? Avec qui ? Et meilleur pour quoi faire ?

Avant que ma peur et mon manque d'assurance ne me fassent partir en vrille, Masha s'est arrêtée et m'a montré une vitrine brillamment éclairée.

Derrière la vitrine, l'étal m'a laissé sans voix. J'ai cru apercevoir un autre monde. Suspendues à une demi-douzaine de crochets fixés au plafond, des carcasses d'animaux – lapins à poil blanc, moutons éviscérés, et une chèvre vidée et parée, tout en muscles, veines et tendons, un œil protubérant qui donnait l'impression de me regarder. Du sang coulait lentement le long de son cou, sur sa joue, formait une flaque dans la bouche sans lèvres, et gouttait sur le papier sulfurisé étalé sur le carrelage.

Même si ma famille n'était ici que depuis deux générations, ma mère achetait la viande au supermarché ; coupée en rectangles impeccables, disposée dans des barquettes en polystyrène absorbant, enveloppée dans du plastique transparent, vidée de son sang, avec un autocollant indiquant le poids et le prix. Une viande tellement nette qu'elle aurait aussi bien pu pousser sur les arbres.

Mais là, c'était l'essence de la vie. De vrais animaux. Du vrai sang et de vrais muscles. Et le pouvoir d'une personne de prendre cette vie.

Masha a tiré sur ma main. Elle a monté les trois marches grinçantes et a poussé la porte. Une cloche a tinté au-dessus de nos têtes. Nous sommes entrés. L'odeur du sang m'a un peu excité. J'ai pensé au sang de ma mère, sur mes doigts. Au goût qu'il avait.

Je sentais l'œil de la chèvre qui me suivait.

Je me suis demandé si on ressemblerait à ça si quelqu'un nous écorchait, à du tissu rose avec une dentelle de graisse jaune. Une image précise et troublante est venue interrompre ma rêverie. Je nous ai vus, Masha et moi, la peau arrachée, pendus par les pieds aux crochets.

J'étais dégoûté, écœuré. Et aussi un petit peu intrigué.

18

« Bonjour, Masha », a dit le boucher quand nous sommes entrés. C'était un grand type dégingandé, tout en membres et en articulations. Il était derrière un comptoir en bois massif et tenait d'une main un gros gigot. Sur sa droite, la caisse. Sur sa gauche, une vitrine garnie de plats en métal contenant de la viande hachée, des organes brunâtres, de grasses spirales d'intestins gris, et des oiseaux entiers, plumés, bien trop petits et pâles pour être des poulets. Tout était luisant et scintillant, attirant. Toutes ces choses autrefois vivantes, maintenant ramenées à leur plus simple expression ; ces choses internes portées à la lumière. J'ai pensé à l'homme qui arrachait le cœur de ses victimes pour le manger.

« Toi je connais », m'a dit le boucher.

J'ai décollé les yeux de la vitrine et je l'ai regardé. Sa tête était couronnée par des cheveux blancs et courts qui accentuaient la dureté de ses yeux gris. Il a passé un gros doigt sur le chaume rugueux de ses joues. « Ah bon ?

— Oui. » Son nez était un bulbe cabossé. Il attirait le regard de la même manière que les lanternes phosphorescentes qui pendouillent devant la gueule des prédateurs des hauts fonds pour appâter leurs proies.

Il a brandi un couteau à large lame et l'a agité devant moi. « Dans le journal. » Puis il a plongé le couteau dans la viande qu'il maintenait en place avec la main gauche. J'ai entendu des os craquer et un choc sourd quand la lame s'est plantée dans le bois après avoir traversé la chair.

Il s'est essuyé les mains sur son tablier. Le tissu blanc était déjà maculé de taches brunes. Il a contourné son comptoir, a jeté un coup d'œil en passant dans le bidon à déchets près de la caisse, et il est venu coller son visage au mien pour s'assurer d'avoir toute mon attention.

Il a souri et craché un simple mot : « Czarnuch. »

Masha a lâché ma main et s'est reculée. Le boucher a attrapé mon bras bandé et m'a serré la main. La sienne était froide et légèrement visqueuse, et lorsqu'il a relâché sa prise j'ai remarqué plusieurs petites taches de sang dans les fibres de mon bandage. Il a pivoté, fait deux pas jusqu'au bidon, a craché dedans et a repris sa place derrière le comptoir.

Il a remué un doigt à l'intention de Masha, qui était appuyée à la vitrine. « Celui-là au moins, c'est un bon garçon, a dit le boucher. J'espère tu as appris la leçon maintenant. Finis les czarnuch. »

Masha est devenue livide et s'est enfuie en courant. Je l'ai suivie du regard, trop sidéré pour bouger. Le boucher a crié : « Attends ! » puis il a levé la main pour me signifier de ne pas bouger. Il a ouvert la vitrine et en a retiré un paquet emballé dans du papier marron et fermé avec du ruban adhésif. « Pour la mère. Maintenant tu vas. VAS. Tu la sauves. »

La sauver de quoi ? J'espérais que le boucher allait

m'éclairer. Il s'est signé puis, de la main, il m'a fait signe de décamper.

J'ai descendu les marches en chancelant et vu Masha qui disparaissait au coin de la rue. Et là, qu'est-ce que je devais faire ?

19

J'ai grandi à une époque où l'école et les livres d'histoires nous enseignaient que les chevaliers volaient au secours des demoiselles. Les demoiselles étaient toujours en détresse et avaient besoin d'être secourues. Je n'avais jamais pensé à demander pourquoi. Pourquoi partir du principe que le chevalier devait sauver la demoiselle ? Pourquoi la demoiselle était-elle en détresse ? Nous connaissons tous la proposition selon laquelle cette idée se fonde sur le présupposé erroné que les femmes seraient plus faibles, incapables de se débrouiller seules, et auraient donc besoin d'hommes pour les protéger. Ça paraît étrange aujourd'hui, n'est-ce pas. Complètement à côté de la plaque. On se demande qui peut encore y croire.

Cette proposition est fausse, bien entendu, et il est possible que certains chevaliers reconnaissent dans la demoiselle une créature plus forte – aussi bien mentalement qu'émotionnellement –, et que si elle daigne être secourue, c'est par générosité, ou pitié, afin de permettre au chevalier de montrer sa valeur. Le secours est une épreuve, un défi, visant à déterminer si l'homme a le courage de risquer l'échec pour gagner les faveurs de sa bien-aimée.

Certains diront que ça fait tout simplement partie de la parade nuptiale – le torse bombé, les plumes dressées. Vue sous cet angle, la tentative de « secourir » une personne qui n'en a pas besoin est un artefact scénique, du théâtre conceptuel, une performance artistique, une posture d'audace.

Quand j'y repense, ma tentative de « secourir » Masha me renvoie la lueur de ma propre faiblesse et l'éclat aveuglant de sa force. Elle n'avait pas besoin d'être sauvée. Réconfortée, oui. Soutenue. On a tous besoin de l'oreille et de l'épaule d'un ami quand on est jugé durement, surtout par ceux contre qui nous ne pouvons pas nous défendre. Mais rien ne m'obligeait à me charger du fardeau de son secours. Je n'étais pas un chevalier, et elle n'était pas une demoiselle.

Mais comment pouvais-je le savoir ? Nous étions des enfants. Nous n'avions rien pour nous apprendre à marcher sur ce toit de l'enfer. N'oubliez pas que nous étions avant les débats télévisés, les thérapies, l'écoute active et les groupes de soutien. Nous étions tous les deux paumés, blessés, et, quant à moi, j'essayais de coller à l'idée internalisée de ce qu'on attendait de moi, des représentations venues des comics, des films de guerre et des feuilletons avec des blondes à gros seins et des hommes qui n'hésitaient pas à se servir de leurs poings.

Si j'avais su à quelles extrémités conduirait bientôt notre innocente parade… Mais n'est-ce pas l'ironie de la vie ? Quand nous sommes jeunes, il nous manque la connaissance et la sagesse dont nous avons tant besoin. Nous nous jetons dans des passions aveugles et destructrices, et il nous faut attendre des décennies pour comprendre ce que nous aurions dû faire ou dire.

J'ai couru après Masha sans savoir ce qu'elle fuyait,

ce que je devais faire si je la rattrapais, et comment j'étais censé la sauver.

Peut-être qu'elle fuyait parce qu'elle sentait où tout cela allait fatalement nous mener. Peut-être qu'elle essayait de s'extraire de la trajectoire implacable de nos vies. De ma vie. De la sienne. Une vie d'immigrée dans une ville d'immigrés guettant sans cesse le prochain paria. Une ville de prédateurs et de proies.

Peut-être que l'univers lui murmurait à l'oreille, la pressait de courir plus vite, de s'en aller, l'avertissait que les couteaux étaient tirés.

Peut-être que l'univers me pressait de la suivre.

20

Mes semelles résonnaient sur le ciment. Les visages sur les perrons, aux fenêtres, se tournaient pour suivre la course de Masha, puis la mienne. Les hommes au coin de la rue, qui nous avaient fait des sourires approbateurs quand nous les avions croisés en allant chez le boucher, pinçaient maintenant les lèvres d'un air accusateur.

J'étais seul en territoire étranger. Les immeubles étaient sombres et tordus ; des spectres étaient tapis dans les ombres des ruelles. J'ai accéléré, avalant de grandes goulées d'air. J'ai crié son nom pour qu'elle s'arrête, me laisse la rattraper. Je voulais la « sauver » parce que j'avais peur et que, si je la secourais, je reprendrais peut-être confiance. Du moins c'est ce que je me racontais.

« Masha ! Attends ! »

Elle s'est arrêtée devant chez elle et s'est retournée. Son mascara avait dessiné des marbrures sur ses joues rondes. Elle haletait et pleurait en même temps. Elle a tendu les mains vers moi, paumes ouvertes, l'air d'implorer qu'on cesse de la torturer.

Dans ma maladresse, je l'ai percutée, manquant de la renverser. Je l'ai rattrapée par les bras. Nous avons vacillé, agrippés l'un à l'autre, et pour finir nous avons valsé contre la façade de son immeuble. L'enseigne en aluminium a poussé un petit grincement morne.

« Ça va ? » j'ai demandé.

Elle a hoché la tête. « Viens dedans. » Elle a regardé dans la rue. « Je les déteste… comment ils me regardent… les choses qu'ils disent. » Elle m'a enlacé, j'ai pris ses épaules dans mes bras. Aux femmes qui nous fixaient, assises sur le perron d'en face, elle a crié : « Laissez-moi ! »

Ça m'a surpris et je l'ai lâchée. Je l'ai fait pivoter doucement et je l'ai poussée vers la porte. Ensemble, nous avons grimpé les marches, puis l'escalier étroit qui menait au premier. Masha a tiré une clé de la poche de son jean et déverrouillé une porte en bois balafrée.

Une fois à l'intérieur, elle a fermé deux verrous puis attaché une chaîne, avant de me faire traverser un salon et un couloir obscur, jusqu'à une chambre spacieuse plongée dans l'ombre où un lit à baldaquin, avec des froufrous roses, prenait toute la place.

Je ne me souviens pas comment ça s'est passé – je me souviens de sa voix, hachée par les sanglots, qui répétait : « Serre-moi, serre-moi s'il te plaît, serre-moi. »

En une seconde nous étions sur le lit, nos bouches collées, nos lèvres, nos joues, nos cous trempés par la passion de nos baisers. J'étais ivre d'extase et ne pensais qu'à mon excitation.

C'était le paradis. Je serrais une fille dans mes bras, je sentais sa bouche contre la mienne, ses mains qui caressaient mon dos. Ma tête était pleine d'éclairs et de formes colorées. La chaleur montait dans toutes les parties de mon corps. Nous avons continué à nous embrasser, à nous serrer, nos langues glissaient sur nos joues, nos yeux, nos oreilles.

Sans savoir ce que je faisais, ce qui se passait, ma main droite s'est faufilée sous le pull de Masha, sur la peau chaude et satinée de son ventre, sur le bonnet de son soutien-gorge. J'ai senti la souplesse de son sein sous le tissu et me suis demandé ce que je devais faire après.

La main de Masha a rampé le long de mon T-shirt et massé ma braguette, sous laquelle mon pénis poussait contre mon jean.

Les cinq secondes suivantes ont été ce que j'avais connu de plus intense. Cloches et sifflets, une cacophonie d'instruments. La chaleur gagnait mes jambes, mes bras, ma poitrine, mes pieds. Et ensuite ça a été l'explosion, le sperme sortant en pulsations, giclant dans mon slip. Et alors j'ai ressenti une honte aussi sombre et sans fond qu'un trou noir.

J'ai roulé au sol, tiré sur mon entrejambe, espérant que la tache ne transpercerait pas mon pantalon. Masha s'est approchée de moi. J'ai levé la main et prétendu que j'avais une crampe d'estomac.

Je me suis précipité vers la porte. Je me rappelle en avoir voulu à Dieu, m'être senti trahi. Je voulais savoir pourquoi Il m'avait fait ça. Je ne le méritais pas. Qu'est-ce que Masha allait penser de moi maintenant ?

Et avec cette pensée m'en est venue une autre, insidieuse et ignoble.

Il y a une phrase célèbre de Groucho Marx disant qu'il ne voudrait pas faire partie d'un club qui accepterait de l'avoir pour membre.

Pendant ce moment d'humiliation, une idée est née

dans mon esprit, qui m'offrait une échappatoire. Une pensée, une graine de mépris, une manière de faire peser mon échec sur elle. Dans ma tête, une petite voix sournoise m'a chuchoté : Faut vraiment que ce soit une pute pour te toucher là.

21

Je me suis rué dans la minuscule salle de bains entre la chambre de Masha et la cuisine. La porte avait une de ces vieilles poignées rondes surmontées par une serrure. J'ai arraché une poignée de feuilles de papier-toilette, puis je me suis adossé à la porte pour la maintenir fermée pendant que je laissais tomber mon pantalon sur mes chevilles.

J'ai été soulagé de voir que le sperme n'avait pas traversé mon slip blanc. Mais même après l'avoir frotté vigoureusement, il restait humide et visqueux. Et le plus gros problème, c'était l'odeur.

À la seconde où j'ai défait mon pantalon, l'odeur javellisée de mon éjaculation m'a sauté au nez. J'ai cherché dans la salle de bains quelque chose pour la masquer – une bombe de déodorant, ou au pire de désodorisant.

Je n'ai rien trouvé, et je ne voyais pas où les vaporisateurs pouvaient être rangés dans cet espace pas plus grand qu'une penderie. La vieille cuvette grise était calée dans un coin, flanquée par un lavabo ovale, lui-même surmonté par un miroir de forme identique fixé dans le plâtre du mur. Il n'y avait pas d'armoire à pharmacie, pas la moindre étagère. Les seuls objets personnels étaient quatre brosses à dents et une boîte de poudre à dents Dr. Denton, alignées sur le lavabo entre les deux cylindres des robinets.

Faute de mieux, j'ai attrapé la poudre à dents et j'en ai saupoudré à l'intérieur de mon slip, pensant que son odeur de menthe serait toujours meilleure que l'autre. Et avec un peu de chance la poudre absorberait une partie de l'humidité. J'ai refermé mon pantalon, je me suis félicité pour mon ingéniosité, et je me suis préparé à retourner dans la chambre.

C'est là que la grande question m'est venue à l'esprit : est-ce que ça signifiait que je n'étais plus vierge ? Est-ce que c'était mon premier vrai rapport sexuel avec une fille ?

Je sais, aujourd'hui les gamins couchent ensemble à douze ans. Mais à l'époque, la réponse à cette question jouait un rôle capital dans la formation de l'identité.

J'ai regardé mon visage dans le miroir en respirant l'odeur mentholée de la poudre qui se transformait en pâte dans mon slip.

D'une, je ne m'étais pas touché.

De deux, c'est Masha qui m'avait touché.

De trois, j'avais joui.

Conclusion, il semblait bien que j'aie eu un rapport avec une fille.

Dans la glace piquetée, j'ai vu mon visage rougir de fierté. Je n'étais plus vierge, ça faisait de moi un homme.

La joie qui m'a submergé à cette idée s'est envolée aussi vite. Quel genre d'homme est-ce que j'étais ? Je ne m'étais pas montré à la hauteur de ce qu'on attendait de moi – je n'avais même pas été capable de sortir mon pénis de mon pantalon, et encore moins de le faire pénétrer dans Masha. Je me demandais ce que Doyle et Murphy en diraient.

Je me sentais piégé dans les limbes, à mi-chemin du salut et de la damnation.

Les sentiments et les besoins de Masha ? J'étais trop ignorant pour seulement y penser.

J'étais projeté d'une émotion extrême à l'autre, des ombres à la lumière, de la lucidité à la confusion. J'avais eu un rapport sexuel, mais pas un vrai. J'avais franchi une étape, mais n'avais pas réussi à la passer. J'étais un héros, mais pour des faits qui n'avaient pas eu lieu. J'étais censé sauver Masha, mais je n'arrivais même pas à nettoyer mon slip. Du fond de mon cerveau, mes parents ont commencé à passer au crible les événements de la veille, à les rejouer, mais je me suis forcé à revenir dans le présent. À Masha.

Masha. J'étais tellement obnubilé par mes propres obsessions que j'en oubliais qu'une fille m'attendait dans la pièce d'à côté. La damoiselle que j'avais juré de secourir. Secourir de quoi ? Je n'en avais aucune idée. Et tandis que je restais planté là, à humer la pâte à dents du Dr. Denton, je me suis demandé comment j'allais bien pouvoir la regarder en face. Mais je n'avais pas le choix.

J'ai collé mon oreille au bois de la porte et j'ai écouté. Des pas grinçaient dans le couloir en direction de la cuisine. Ensuite j'ai entendu un robinet couler puis des tasses tinter. Je suis sorti de la salle de bains et j'ai découvert Masha près de la cuisinière, elle regardait les flammes orange et bleu du brûleur qui léchaient le fond d'une bouilloire en acier cabossé. Elle m'a souri quand je suis entré et s'est approchée pour m'embrasser sur la joue. « Comment tu, euh, te sens ? »

Tout en même temps, j'ai secoué et hoché la tête et je me suis tapoté le ventre.

Elle a dit « Pauvre petit Myszko » et elle a posé le dos de sa main sur mon front pour voir si j'avais de la température. Elle s'est collée à moi sans réserve, son corps chaud et confiant tranquillement pressé contre le mien avec l'abandon des amants.

« Ça veut dire quoi, Myzzz… ? »

Elle m'a caressé le visage, a frôlé mon bras, pris et serré ma main, et elle a dit : « C'est comme… comment on dit ? Un nom, pour les amoureux… pour qu'ils s'appellent. Myszko. Mon petit Myszko. »

Elle m'a embrassé la main. La bouilloire a poussé un coup de sifflet strident. Masha s'est retournée vers la cuisinière, a coupé le feu et versé l'eau dans une théière blanche en forme de lapin qu'elle a ensuite portée jusqu'à la table.

Nous nous sommes assis côte à côte sur des chaises en bois. Masha a posé la tête sur mon épaule. Malgré la tendresse de ses gestes, je percevais une angoisse, une tension dans son corps. Je me suis dit qu'elle devait savoir pourquoi j'avais foncé dans la salle de bains. C'était évident. J'ai reniflé. J'étais persuadé que l'odeur sèche et fraîche de la poudre à dents imprégnait l'air.

Je me suis tortillé sur ma chaise. Je remuais les jambes, mes bras ne tenaient pas en place. Il fallait que je dise quelque chose, mais quoi ?

Elle a blotti mon bras bandé entre les deux siens, embrassé mes phalanges. Elle a commencé : « Il faut que je te dise… »

J'ai retenu mon souffle.

« Tu vas me détester, elle a dit. Mais il faut que je te dise la vérité. S'il te plaît, me déteste pas. »

J'ai cru savoir ce qui allait suivre. Elle allait me dire qu'elle ne m'aimait pas. Qu'elle ne voulait plus jamais me revoir. Je n'étais pas un homme, j'étais un raté. Espérant l'empêcher de me dire de rentrer chez moi et de ne jamais revenir, j'ai dit : « Je t'aime. »

Alors elle a jeté ses bras autour de mon cou, enfoui son visage dans ma chemise. « Imbécile », elle a dit. J'ai embrassé ses cheveux si doux, les ai caressés avec ma main droite. Nous sommes restés plusieurs minutes sans bouger, puis elle s'est redressée, elle s'essuyait les yeux. Souriant à travers ses larmes, elle a dit : « J'ai beaucoup de joyeux », et elle a tapoté son pull au-dessus de son sein. « Tu le remplis. »

J'ai laissé échapper un bref rire prudent. Je voulais qu'elle continue. Elle a baissé les yeux vers ses mains qu'elle roulait l'une dans l'autre, elle jouait avec les bagues en étain qu'elle portait à tous les doigts. Elle a repris : « À l'été, j'avais un petit copain. Je l'aimais pas pareil que toi, mais c'était… je le voyais tous les jours. »

Mon estomac s'est noué, mais je me suis efforcé de conserver mon sourire.

Elle a posé les mains sur mon visage, caressé mes joues. Elle m'a regardé dans les yeux et j'ai dû me détourner car les miens devenaient humides.

Elle a continué, m'a raconté qu'elle se sentait seule. Qu'elle n'avait pas d'amis ici. Qu'il n'y avait personne de son âge. « Personne aime être tout seul. »

Elle m'a dit qu'elle avait caché cette relation à ses parents, à ses voisins, qu'elle voyait le garçon dans un parc des environs. Mais ils avaient été découverts, quelqu'un les avait vus.

« Ils le détestaient, elle a dit, et sa bouche s'est étirée en grand comme pour imiter leur laideur. C'était pareil que dans mon pays, là-bas tout le monde déteste les Tziganes. »

Je n'avais aucune idée de ce dont elle parlait. Je ne pensais qu'à une chose : elle avait dû le faire avec lui. Et lui avait dû faire ce dont je n'avais pas été capable ; il avait dû la baiser. Putain, qu'est-ce qu'elle devait penser de moi ? J'étais certain qu'elle me trouvait pathétique, avec mon slip plein de poudre à dents.

Elle a servi du thé par les lèvres de la théière dans deux mugs blancs dont la surface brillante était décorée par des lapins qui dansaient.

« Qu'est-ce que je pouvais faire ? elle a demandé en fixant la vapeur qui s'échappait de sa tasse. On m'invitait jamais aux fêtes, on me proposait jamais de venir s'amuser. En Pologne, tout le monde est plus, hmm… On va pas en petits… comment on dit… en petits groupes. Quand il y a une fête, tout le monde va. Mais ici… »

Je l'ai pressenti comme le soleil qui repousse le flou de l'aurore : une révélation allait venir et je n'avais aucun moyen de l'arrêter.

« C'était un garçon gentil. Très gentil. Ils l'ont battu très fort. Seulement parce que… sa peau. Ils le détestent pareil qu'ils détestent les Tziganes… Les Gitans. Czarnuch. » Elle a bu une gorgée de thé, regardé la vapeur s'envoler en petites volutes chancelantes. « Pauvre Emmett. »

22

Combien de décennies écoulées depuis ce jour ? Je refuse de les compter. Le monde est différent aujourd'hui. Je ne le comprends plus. Certes, on pourrait dire que je ne le comprenais déjà pas à l'époque. Je ne savais même pas que l'univers avait des thèmes. Que nos choix, nos capacités, nos devenirs possibles, sont limités par notre culture. Et que les croyances collectives et les préjugés sont puissants, nous contrôlent.

Qu'est-ce qu'une sagesse populaire ? Une vérité partagée que nous embrassons alors même qu'elle est peut-être fausse ? En voici une que personne ne discutait :

Une fois qu'on a goûté au noir, on ne revient plus au blanc.

Le fait est qu'il y a encore plein de gens qui croient, de même qu'il y a un siècle, que si une blanche sort avec un noir c'est parce qu'elle aime le sexe.

Voici une autre sagesse populaire d'antan :

Les filles bien n'aiment pas le sexe.

Et

Il faut forcer les filles jusqu'à ce qu'elles acceptent.

La plupart des hommes de ma génération avaient des comportements ignobles qu'ils ne percevaient pas comme tels. Des conseils qu'ils échangeaient et donnaient aux femmes. *Si on te viole, détends-toi et profite.* Les filles avaient envie d'être forcées, histoire de pouvoir dire : *Arrête ! Arrête ! Oh oui ! Encore !*

Ces choses étaient présentées comme des vérités, des thèmes de l'univers, ou plutôt de l'univers masculin. L'univers des hommes blancs.

Les peurs jumelles, la race et le sexe, atrocement combinées.

Voici ce qui terrifie l'homme blanc : il peut mettre les noirs en prison, les garder à sa botte sur son lieu de travail, les parquer dans des cités qui tombent en ruine, leur fournir une éducation au rabais dans des écoles de seconde zone, mais il ne peut pas rétrécir leur pénis, ni rendre le sien plus efficace. L'Empire s'est construit autour de ça.

Personne ne le disait, mais rares étaient ceux qui pensaient qu'une blanche et un noir pouvaient réellement se plaire. La femme couchait avec le noir pour la seule raison qu'elle était nymphomane. Et lui couchait avec elle pour se venger de la société en baisant une blanche. Cette hypothèse réduit la femme à une fonction, au statut de morceau de viande, et l'homme à celui de sauvage aux motivations simplistes. Et de toute façon, ça ne nous concerne pas. N'est-ce pas ce que nous prétendons ? Cette équation ne laisse aucune place à l'amour ou à l'affection, aux individus. L'homme est autant paria que la femme.

Pensez à Nicole, la compagne d'O.J. Simpson. Certaines personnes ont enragé qu'O.J. soit acquitté. Certaines – issues d'une culture qui voit dans la femme une propriété de l'homme – étaient furieuses qu'il possède une femme blanche. Certaines en voulaient à Nicole d'être avec un noir. Certaines lui en voulaient de décider elle-même avec qui elle voulait coucher. Il y a tant de choses à haïr, quand on aime la haine.

La raison pour laquelle nous lui en voulions le plus, c'était peut-être qu'il était sorti lavé d'un crime que beaucoup d'hommes peuvent comprendre. Il avait poignardé à mort sa propriété, qui s'était comportée en personne libre de prendre des décisions qui ne le concernaient pas.

Imaginez. Pensez à cette femme, à sa bouche contre la vôtre, pensez à ses lèvres et à sa langue qui caresse un autre corps… Même s'ils ne l'avouaient pas, la plupart des hommes comprenaient la fureur d'O.J.

Mais ce n'est pas pour autant qu'ils se montraient compatissants. O.J. restait noir. Nicole restait blanche. Et il était riche. Il s'en sortait là où nous ne pouvions pas. Même si nous avions été suffisamment enflammés pour suivre nos pulsions, oublier notre retenue et commettre un meurtre comme preuve d'amour absolu, la plupart d'entre nous n'avaient pas les moyens d'acheter leur liberté.

Mais penchons-nous sur l'amour et le meurtre.

Car O.J. ne mentait pas en disant qu'il n'était coupable de rien, sinon de trop aimer Nicole.

Je ne dis pas que je cautionne cette attitude. Je dis qu'elle existe. Et la plupart des gens ont peur de l'admettre.

Du haut de mes quinze ans, j'étais certainement influencé par la sagesse populaire. Même si je ne m'en rendais pas compte. En plus de la situation immédiate – j'avais été nul avec une fille qui avait eu un petit copain noir –, il y avait une complication : je connaissais l'ancien petit copain de Masha.

Emmett n'était pas simplement un noir. C'était un ami qui m'avait soutenu ; un ami que j'avais trahi.

Qui était le héros ici ? Qui était le méchant ? La réponse n'est pas évidente ?

J'étais assis à la table de Masha, j'essayais de cacher mon visage écarlate dans la vapeur de mon thé, et elle parlait de l'été précédent. Je n'en ai pas entendu un mot, mais j'ai hoché la tête régulièrement. J'étais sur les nerfs, à cran. J'avais envie de massacrer quelqu'un, d'agir. Après tout, je n'étais pas seulement Stewie, j'étais Hank McCoy, le héros solitaire et incompris, le Dr Jekyll dont le Mr Hyde était le Fauve vengeur. Mais qui était le véritable ennemi ?

Sur l'écran de ma mémoire, j'ai vu mon père gifler ma mère, la traiter de pute. J'ai vu le filet de sang sur sa lèvre. Goûté encore cette amertume salée. J'ai senti monter la colère. Mais je ne savais pas pourquoi, et je ne savais pas non plus si je devais la rejeter ou y céder.

Qui était l'ennemi ? Qu'est-ce que j'étais censé venger ? Et si, au fond, c'était moi le problème ?

23

Dans ma ville il n'y avait pas de cars scolaires jaunes pour faire le ramassage à domicile. On marchait, on faisait du stop, on prenait le bus, on se faisait conduire par des hommes qui allaient bosser à l'usine, par des femmes qui bossaient dans les magasins, et par des vieux qui allaient en ville chercher des cafétérias et des téléphones publics, un moyen de faire passer les premières heures du matin avec une tasse de café tiède.

Jour après jour, je montais les marches incrustées de crasse, je me trouvais un siège éventré et je me demandais si mon avenir se résumait à ça. Qu'est-ce qui m'attendait ? Me réveiller avec des œufs coulants et des lampées de café, attablé face à une femme renfrognée avec des bleus sur le visage ? Les marches usées d'une cabine, les vibrations d'un moteur, les coups de frein et d'accélérateur, la puanteur des gaz d'échappement, les odeurs corporelles grasses, les sièges en plastique déchiré, les yeux vides, les visages gris et fatigués, les vêtements froissés qui sentent les peluches et la mort ? Comment faire pour être quelqu'un d'autre ?

Je prenais le bus de 7 heures à dix blocs de chez moi, et il me déposait trente minutes plus tard à l'entrée de Legion Parkway, une avenue qui montait vers l'école.

Au milieu de la chaussée, il y avait des places de parking disposées en quinconce sur une bande d'herbe.

Au sommet de la pente, l'école se dressait sur une colline broussailleuse à la façon d'un monument de brique sale érigé en mémoire d'un épisode historique oublié depuis longtemps. Elle m'oppressait souvent quand je la regardais depuis l'autre côté de l'avenue, devant l'épicerie DePasqua où on achetait des Twinkies ou des cupcakes en attendant la cloche de 7 h 45.

En général nous étions quinze ou vingt, surtout des garçons, rassemblés en groupes flottants, on parlait et on plaisantait sans croiser le regard des autres, essayant tous de nous intégrer sans nous distinguer.

Le lundi suivant ma visite chez Masha, avant même que j'arrive au milieu de Legion Parkway, j'ai entendu des cris furieux et des encouragements. J'ai vu un attroupement compact d'une cinquantaine de gamins qui débordait du trottoir. Des poings se levaient. Des hurlements fendaient l'air comme des croassements de corbeaux.

J'ai serré mes livres sous mon bras, fini la montée en courant et me suis dirigé vers l'attroupement pour voir ce qui se passait.

Au milieu de la foule il y avait un espace dégagé, peut-être cinq mètres de diamètre, et en son centre un garçon, un genou sur le trottoir ; il avait la tête basse, les bras levés devant le visage, prêt à parer les coups. Il me tournait le dos et je ne voyais que son afro, l'arrière de son dashiki en léopard orange et noir, et son jean à pattes d'éléphant.

Un garçon d'abord, puis un autre, sont sortis du cercle qui l'emprisonnait pour lui mettre un coup de poing, avant de faire demi-tour et fendre les premiers rangs pour se cacher dans la foule.

Quelqu'un m'a aperçu et a lancé : « Stewie ! Stewie ! Le casseur de nègres ! » C'était le joueur de football. Il a brandi le poing, s'est tourné vers le groupe, a commencé à scander mon nom et tous les autres ont suivi. On me bousculait, on me poussait vers l'intérieur du cercle comme le gladiateur favori de l'empereur. J'ai trébuché, posé la main sur l'épaule du garçon pour me rattraper. Toujours agenouillé, il a baissé la tête encore plus bas.

J'ai balayé du regard les visages assoiffés de sang. J'ai vu Doyle et Murphy. Babines retroussées, ils me faisaient signe de frapper le garçon. Une fille aux longs cheveux blonds avait les yeux écarquillés d'excitation, elle m'a salué de la main puis elle a dit quelques mots à la fille près d'elle, qui m'a salué à son tour. Le joueur de football a hoché la tête, une fois, sèchement, et il a hurlé : « Punis-le ! » J'étais désespéré, je me demandais comment me tirer de ce pétrin. C'est là que j'ai repéré Masha, à l'arrière, hissée sur la pointe des pieds. Elle avait un regard affolé, implorant, et elle a secoué la tête, crié : « Arrête ! S'il te plaît ! »

Tout autour, des visages qui aboyaient, des poings brandis comme des matraques.

J'ai crié : « Du calme ! » et le tumulte de la foule s'est changé en bourdonnement impatient. Malgré mon malaise, je me suis senti puissant, maître de la situation. J'ai songé que c'était ce que devaient éprouver les bourreaux d'autrefois, quand ils laissaient la foule choisir si le condamné serait étripé ou gracié et libéré. J'ai demandé : « Qu'est-ce qu'il a fait ? » et j'ai eu l'impression d'être Ponce Pilate.

J'ai regardé à la ronde, l'air d'attendre une réponse, mais je me foutais de la vérité. J'essayais de noyer le poisson le temps de trouver comment me sortir d'une situation qui me paraissait surtout pénible pour *moi*.

Des cris se sont élevés de partout, jusqu'au moment où la blonde s'est avancée et alors la foule s'est tue. Elle me faisait penser à Julie, de la série télé *Mod Squad* – mince, un doux rideau de cheveux flottant jusqu'aux reins. Mais son visage n'avait pas la douceur, la tendresse du personnage. « Ce nègre, elle a dit en pointant le garçon du doigt, il m'a demandé de sortir avec lui. »

Un grognement s'est propagé dans l'assistance. J'ai entendu Doyle lancer : « Casse-lui la gueule ! » Murphy a crié : « Tue-le ! » La foule a applaudi.

Je ne savais pas quoi dire, quoi faire. J'ai entendu Masha qui disait : « Arrêtez. C'est pas bien. » Tout le monde l'a huée.

« Allez, Stewie ! a hurlé Doyle. Fais quelque chose.

— Ouais, sois un héros ! » a crié Murphy en riant. Autour d'eux, un hululement d'approbation a retenti.

« Tu commences et après c'est à nous », a dit un garçon trapu aux cheveux frisés, qu'on surnommait le Nabot et que je connaissais uniquement parce qu'il traînait devant l'épicerie.

Lentement, je suis allé me camper devant le garçon en dashiki, sans le quitter des yeux, non pas pour voir qui il était mais pour éviter le regard de la foule. Quand je me suis arrêté devant lui, il m'a étonné en levant les yeux vers moi. Ses pupilles étaient aussi dilatées que s'il venait de fumer un joint, mais en plus elles étaient agitées et épuisées, elles me sondaient. Il m'a reconnu le premier.

Il a dit mon prénom, m'a nommé comme on accueille son destin. Aucune lueur d'espoir, aucune attente dans ses yeux marron. Pourtant ils sont restés rivés à mon visage, ils paraissaient presque curieux de ce que j'allais faire. « Je veux pas d'embrouilles, mec. »

« Frappe-le ! » a crié quelqu'un.

J'ai pivoté vers la blonde, à l'intérieur du cercle, semblable à une reine devant ses sujets. Elle souriait, ravie d'être au centre de l'attention. « Il t'a demandé de sortir avec lui ? j'ai demandé.

— C'est ça.

— Il a bon goût, j'ai dit, et quelques personnes ont ri. Je veux dire, t'es…

— Canon », a lancé Doyle. Un éclat de rire a parcouru la foule.

Fière, la fille a balancé la tête pour faire tomber les mèches de cheveux de ses épaules.

« Ouais, t'es canon », j'ai dit. Puis j'ai demandé à la cantonade : « Qui d'autre a envie de sortir avec elle ?

— Je donnerais ma couille gauche ! » a crié Murphy.

La fille lui a renvoyé un rictus de dédain. « Tu peux la garder. » Rire général.

Les visages avaient changé, s'étaient un peu adoucis, et alors j'ai découvert un truc qui me servirait pendant mes campagnes. J'ai regardé les gens dans les yeux, un par un. Et je me suis rendu compte qu'il se produit deux choses quand on établit un contact aussi direct avec une personne. Elle se dit qu'on sait de quoi on parle, et elle devient moins sûre de ce qu'elle disait. Ça permet de faire semblant d'être sage à peu de frais.

« Regardez-la, j'ai dit, et je me sentais plus en confiance, sachant qu'ils allaient me suivre. Tout le monde a envie de sortir avec elle.

— Mais lui c'est un nègre », a dit quelqu'un.

Dans mon dos, une voix grave a marmonné : « Elle a dit non. »

On a tous été stupéfaits qu'Emmett ouvre la bouche. Je me suis retourné vers lui. « Je l'ai pas touchée ni rien, il a dit. Je lui ai demandé… On est en démocratie, mec. Elle a dit non, et moi j'ai dit pas de problème, et j'ai continué mon chemin. T'as qu'à lui demander. »

Tous les yeux se sont braqués sur la fille. Elle plissait les yeux, fronçait les sourcils. On voyait bien qu'elle n'était pas satisfaite, que ça ne lui suffisait pas. Il lui fallait plus que des flatteries. Elle voulait qu'Emmett paie pour avoir eu l'audace de croire qu'il était autorisé à lui parler. « T'as aucun droit de me demander ça, elle a dit. Reste à ta place. » Elle a levé un doigt en l'air, penché la tête, et elle allait ajouter quelque chose quand quelqu'un a hurlé : « LURCH ! »

L'attroupement s'est dispersé. J'ai vu le proviseur qui traversait la rue à grandes enjambées en direction de l'endroit où je me tenais, immobile, devant Emmett. J'ai tendu la main pour l'aider à se redresser.

Lurch a regardé à droite et à gauche pendant que tout le monde décampait, essayant de capter l'attention de quelqu'un, mais tout le monde détalait en évitant de croiser son regard.

Le temps qu'il arrive au coin de la rue, on n'était plus que trois. Emmett et moi au milieu de l'avenue et, devant l'épicerie, Masha qui attendait.

Lurch a soupiré et passé la main sur son crâne déplumé. « Qu'est-ce qui se passe ici ?

— Rien, a répondu Emmett. Je, euh, j'ai laissé tomber une pièce et Stewie m'aide à la retrouver. » Il a fait semblant de la chercher sur le trottoir.

« Je vous jure… a fait Lurch en secouant la tête. Que vous veniez à l'école ou pas, je m'en fiche. Mais ne restez pas sur la route. » Puis, à Masha et moi : « Vous deux, en classe. » Après quoi il a tourné les talons et il est retourné à l'école.

Masha nous a rejoints en courant, elle souriait, tendait les bras vers moi. « Tu as bien fait », elle a dit. Je me suis mis à sourire, mais Emmett nous a interrompus.

« Salut, poupée, ça va ? » Il s'est relevé, s'est placé devant elle et a posé les bras sur ses épaules.

Elle l'a salué d'un sourire tout en levant les sourcils pour tenter de me rassurer. « S'il te plaît. Laisse-moi.

— Quoi, on est plus copains ?

— Pas comme ça, elle a dit, puis elle s'est libérée, a pris ma main et a fait : C'est mon… avec un mouvement de la tête dans ma direction.

— Oh, d'accord, pas de souci. Pas besoin d'explication, a dit Emmett en reculant les mains comme s'il avait pris une décharge électrique. Stewie, tu m'as sauvé les fesses, mec.

— Bah. » J'ai haussé les épaules.

Il m'a imité. « Bah. Au moins t'as l'air de croire que tu m'as sauvé les fesses. » Il a ri. « Mais c'est cool, mec. Continue à y croire. »

Il m'a serré la main d'une manière bizarre que je ne connaissais pas, en pliant ses doigts dans les miens tout en gardant les pouces vers le haut. J'ai suivi de mon mieux et il a ri encore.

Masha m'a pris par la taille. « Je suis fière de toi. Tu as été très bien. Viens là. » Elle m'a serré plus fort, elle a frotté son visage contre ma poitrine et elle s'est hissée sur la pointe des pieds pour me faire un bisou sur la joue. « Aujourd'hui tu es un héros pour de vrai.

— Un héros ? » a dit Emmett. Il a froncé les sourcils et paru essayer de se rappeler quelqu'un qu'il avait connu longtemps auparavant. « Genre Lone Ranger ?

— Zorro, j'ai dit.

— Viens, a fait Masha en me tirant par le bras. On va fêter ça. Je veux pas être avec eux. » Elle a désigné l'école du menton. « Je refuse de les voir aujourd'hui. Tous. Tant pis pour ce qu'ils peuvent me faire. Les gens comme ça…

— Ouais, a ajouté Emmett. Allez. On va faire la fête. Je sais où on peut trouver du bon shit. » Il s'est tourné vers Masha. « Ça te branche ? »

Elle m'a souri. « Pourquoi pas ?

— Et toi, mec ? Stewie ?

— Stewie ? » a dit Masha en lâchant ma main et en reculant d'un pas.

J'ai cru sentir des nuages approcher.

24

C'est là que nous avons eu notre première dispute. Je m'en souviens mal. Curieusement, aujourd'hui je me souviens surtout de la lumière du soleil, qui vernissait le monde, accentuait ses angles et me faisait mal aux yeux. J'ai regardé tout autour de moi, je me demandais comment j'allais me débrouiller pour sécher les cours. Tout le monde allait le savoir. Même Lurch m'avait vu. Je n'avais jamais séché et je craignais que l'école appelle mes parents. Mais est-ce que j'avais le choix ? Avec Masha et ses yeux pleins d'espoir qui me suppliaient. Et Emmett.

« C'est pas possible, j'ai dit. Ils savent qu'on est là. Ils nous ont vus.

— Je m'en fiche, a dit Masha. S'il te plaît. Tu peux pas aller avec eux après ce qu'ils ont fait. C'est des animaux. » Elle a pris ma main gauche et l'a caressée du bout des doigts.

« Ouais, on les emmerde, a dit Emmett. Je suis avec toi. Faites l'amour, pas la guerre. »

Je l'ai regardé, puis Masha. Elle a levé la tête vers moi. « S'il te plaît, Stewie, je peux pas y aller. Pas aujourd'hui. Ça me… ça me donne pas du joyeux. » Elle a tenté un sourire.

J'ai ressenti une peur glaciale, qui gelait tout quelques centimètres derrière mon nombril. J'étais un bon élève. Je n'avais pas eu la moindre absence en deux ans. Je ne pouvais pas sécher. On allait forcément se faire pincer. J'ai pensé à mon père qui collait un aller-retour à ma mère. Qu'est-ce qu'il allait me faire si l'école l'appelait ? Devant tout le monde.

Mais, d'un autre côté, si je n'y allais pas, que feraient Masha et Emmett ?

« C'est pas une bonne idée, je lui ai dit. Le proviseur t'a vue. Il va te renvoyer. » J'ai lancé un regard à Emmett, qui souriait à Masha. À cet instant j'ai regretté de ne pas avoir laissé la foule le réduire en bouillie. J'aurais aimé qu'elle lui casse les côtes, lui défonce les dents, le laisse chialer par terre à pisser le sang. Je me suis imaginé lui mettre un coup de planche dans l'entrejambe. J'ai dégagé ma main de celle de Masha. J'ai serré les poings ; mon visage s'est assombri.

« Est-ce que ça va ? » a demandé Masha.

J'ai essayé de rire, j'ai essuyé avec ma manche mon front couvert de sueur. « Je les… je les déteste, comme toi, j'ai dit en montrant l'école.

— Viens, Myszko. »

Emmett a eu un rire moqueur et s'est détourné quand je l'ai regardé. Qu'est-ce qui le faisait marrer ? La cloche a sonné avant que j'aie le temps d'y réfléchir, les cours allaient commencer dans cinq minutes.

« Faut qu'on y aille. On va avoir des emmerdes », j'ai dit. J'ai fait quelques pas en direction de l'école puis je me suis retourné vers eux. « Viens. » J'avais le sentiment que ma vie tout entière reposait sur le fait qu'elle me suive.

Masha me regardait, implorante. « Je peux pas. Il faut être opposé à… comment on dit… qu'on soit contre ce qui est mal. Tu te rappelles l'Allemagne ? Pas assez de gens étaient contre. »

Je n'avais aucune idée de ce qu'elle voulait dire et ma confusion s'est vue sur mon visage. Elle a laissé retomber ses mains avec un air d'exaspération fatiguée. Derrière elle, Emmett était hilare.

Je transpirais de plus en plus. À contrecœur, j'ai commencé à faire demi-tour.

« Viens chez moi après ? elle a demandé. S'il te plaît ? »

J'ai répondu par un petit coup de tête et j'ai fermé les yeux, j'avais peur de me mettre à pleurer.

« Promets, elle a dit. Dis que tu promets. »

J'ai tourné les talons, je m'en voulais de rougir et de transpirer. Je me suis encore essuyé le visage et je suis parti au trot. « À plus, mec », a fait Emmett.

Pourquoi elle ne venait pas en cours avec moi ? Pourquoi elle voulait être avec lui ? Je me suis retourné. Ils s'éloignaient dans Legion Parkway sans même un regard pour moi. Emmett parlait en agitant les mains et en hochant la tête, il paraissait essayer de la convaincre de quelque chose. Est-ce qu'elle allait l'emmener chez elle ?

J'ai pensé à ce qu'elle m'avait fait pendant notre premier rendez-vous. Qu'est-ce qu'elle lui avait fait, à lui, quand ils étaient ensemble ? Quand elle le voyait tous les jours ? Est-ce qu'elle l'aimait encore ? Qu'est-ce qu'elle allait lui faire ? Des points rouges apparaissaient devant mes yeux, troublaient ma vision.

Je l'ai vu la prendre par le coude. Elle s'est détachée, mais elle a continué à marcher à côté de lui et il a approché son visage du sien.

J'ai couru jusqu'à l'école aussi vite que j'ai pu.

Mes pieds martelaient le bitume de l'allée qui serpentait devant l'école, et pendant que je grimpais les marches en ciment, je me répétais des mots tellement ignobles que je ne suis même pas capable de les écrire ici.

25

J'ai pris des cours d'écriture à la fac – je n'étais pas très bon, j'y allais surtout parce que ça garantissait des bonnes notes sans se fouler. Notre prof s'appelait M. Connors, un type mince et gominé avec des dents écartées qui se voyaient quand il souriait en descendant nos travaux, à croire que rien ne l'amusait plus qu'un ratage. Un jour, pendant qu'on parlait d'une nouvelle écrite par un étudiant, il nous a dit : « Les adolescents sont intrinsèquement antipathiques. Même les uns avec les autres. Ils sont pénibles, pénibles, pénibles ! » Puis il est parti d'un grand rire hystérique.

Personne ne l'a contredit. Je pense qu'on s'en foutait trop pour penser à ce qu'il venait de dire. Nous étions tous des adolescents.

Si un adolescent tombe dans la forêt, qui s'en soucie ?

Qu'est-ce qu'un adolescent ? Une créature égocentrique qui passe pourtant sa vie à analyser les autres. Une personne qui cherche à se libérer de tous les carcans mais désire secrètement être cadrée. Un adulte-enfant. Un individu qui ne désire rien plus que rentrer dans le moule tout en cherchant à se distinguer, même s'il redoute de se faire remarquer.

Les adolescents croient tout savoir parce qu'ils ressentent tout avec une intensité extrême ; l'émotion est un savoir, et comme personne n'éprouve les émotions avec autant de puissance, personne ne peut les comprendre aussi bien qu'eux.

Et pourtant, ils nient ressentir quoi que ce soit, ils affirment se foutre de tout, parce que s'ils admettaient la douleur des coups, ils tendraient le flanc aux attaques.

Qu'est-ce qu'un adolescent ? Un chien en quête d'une meute, laquelle de son côté cherche une victime, un solitaire, un paria. Une personne isolée, lâchée par le troupeau.

Les adolescents vivent dans la terreur d'être les prochains exclus. Le meilleur moyen d'assurer sa propre sécurité, le meilleur vaccin, c'est de pousser quelqu'un vers la sortie. De se moquer de son physique, de sa race, de ses vêtements, de sa peau, de son odeur, de… de continuer à hurler jusqu'à ce que tous les yeux se soient tournés vers la victime désignée, celle qui n'est pas à sa place. Les adolescents savent que s'ils crient assez fort et assez longtemps, personne ne remarquera qu'eux non plus ne sont nulle part à leur place.

Autrefois, je pensais que l'adolescence était une période de la vie. Aujourd'hui, je pense que c'est une manière de voir. Et je me demande si notre pays tout entier n'est pas devenu un pays d'adolescents. Une immense cantine de collège où tout le monde joue des coudes pour s'asseoir à la table de ceux qui se prétendent les plus cool.

O.J. ? Charles Manson ? Ted Bundy ? Le KKK ? Les débats télévisés sur les chaînes de droite ? Les adolescents qui jouent aux adultes ?

Comment se comportaient les gens dans le dernier film que vous avez regardé ?

Combien de films avez-vous vus où il n'y avait aucun coup de poing, de couteau ou de feu, aucune explosion ?

Pourquoi est-ce que cela vous fascine tant ?

Avez-vous applaudi notre armée pour avoir tué l'ennemi ?

Cliquez-vous sur le lien suivant, tournez-vous la page ou fermez-vous les yeux quand des femmes et des enfants sont des victimes collatérales ?

Comment élevez-vous vos enfants ?

Comment vous élevez-vous ?

26

On roulait vers Boston et le compteur de la voiture de Doyle frôlait les 120. Murphy et lui chantaient en chœur « Crystal Blue Persuasion » de Tommy James and the Shondells qui passait à la radio. On avait séché les deux dernières heures parce que Doyle voulait qu'on l'accompagne pour acheter une super dope à un mec qu'il avait rencontré dans le parc de Boston Commons.

C'était la première fois que je partais comme ça de l'école, mais j'étais tellement en colère contre Masha que, lorsque Doyle est venu me voir dans les toilettes du sous-sol après la sixième heure, qu'il a indiqué la fenêtre entrouverte au niveau du parking et qu'il a dit : « On a qu'à se faufiler, traverser le parking en courant et sauter par-dessus le grillage », j'ai accepté sans réfléchir à deux fois.

J'ai dit à Doyle : « Si les profs nous demandent pourquoi on a séché les deux dernières heures, on dira que c'était pour une autre interview avec le journal.

— Ouais, il a acquiescé. Ouais, Stewie. Bonne idée. »

Je m'en fichais. Si je me faisais prendre, ce serait la faute de Masha. Je pourrais lui mettre ça sur le dos, lui dire que j'étais parti la chercher. Ça devrait lui donner mauvaise conscience.

« *Look over yonder*, a chantonné Doyle avec la radio, les mains sur le haut du volant.

— *What do you see*, a continué Murphy en tambourinant sur le tableau de bord.

— Tu sais de quoi ça parle ? » a demandé Doyle en tournant rapidement la tête vers moi.

On a tous écouté religieusement la fin du premier couplet.

Ain't it beautiful.

Crystal blue persuasion.

« Ça parle d'un truc peint en bleu ? a tenté Murphy.

— Crétin, a fait Doyle. Si t'avais un demi-cerveau il se sentirait seul dans ta tête. Combien ça fait, deux plus deux ? »

Suspicieux, Murphy a répondu : « Quatre.

— Bien. Et en allemand ?

— Comment tu veux que je le sache ? J'ai jamais fait d'allemand », a gémi Murphy en secouant la tête.

Doyle a tourné le rétroviseur pour me voir. « T'as une idée de quoi elle parle, cette chanson ? »

J'ai haussé les épaules, regardé par ma vitre les nuages qui venaient de l'ouest. Le froid arrivait vite. Le vent glacial qui entrait en sifflant par la fenêtre mal isolée m'a fait frissonner.

« Qu'est-ce qui t'arrive ? Ta poupée a pas aimé ta sucette ? »

Ils se sont marrés tous les deux.

Une colère immédiate s'est refermée sur moi. J'enrageais – contre Masha qui était partie avec Emmett, contre Emmett qui avait été son petit copain, contre Murphy qui était débile, contre Doyle qui se moquait de moi, et contre moi parce que j'étais vivant et que je devais me les coltiner tous. J'ai craché : « Oh si, elle l'a aimée, crois-moi. »

Pendant leur moment de surprise, Tommy James a chanté : « *There'll be peace and good, brotherhood...* »

« Elle t'a fait quoi ? » a demandé Murphy.

J'aurais pu retirer ce que je venais de dire. J'ai senti un pincement de regret dans la poitrine. Mais j'étais lancé et un instant de haine menait au suivant ; un instant attisait l'autre. Le contre-feu de dignité en moi ne pesait rien face à l'incendie de haine que provoquait l'image de Masha allongée sur son lit, le sexe d'Emmett dans la main. J'étais certain qu'elle était avec lui. Et qu'elle ne serait plus jamais avec moi. Elle lui raconterait ce qui s'était passé, de la même façon qu'elle m'avait parlé de lui. Tout le monde serait au courant. Je serais la risée du lycée. C'était une frappe préventive, et à la seconde où j'ai ouvert la bouche j'ai su que c'était une erreur. J'aurais aimé pouvoir rattraper ces mots dans l'air, mais c'était trop tard : « Elle m'a branlé. »

Doyle a pivoté vers moi, donnant un quart de tour au volant. Les pneus ont crissé ; un klaxon a hurlé ; Doyle nous a remis dans notre file puis il a fait un doigt au conducteur de la voiture qu'il avait failli percuter. « Elle t'a branlé ?

— Ouais, j'ai fait comme si de rien n'était.

— La vache », a grommelé Murphy. Il a fait des mouvements rapides avec la main et il a gémi en faisant la moue. « Pourquoi tu nous l'as pas dit ? »

J'ai regardé par la fenêtre. Qu'est-ce que je fichais ?

« Hé, manche à couilles, il vient de faire quoi à ton avis ? » a répliqué Doyle.

Murphy s'est retourné vers lui. « C'est encore une question piège ?

— Ouais, comme la couleur du cheval blanc d'Henri IV.

— Arrête avec ça. »

Doyle a rigolé et ses yeux ont croisé les miens dans le rétroviseur.

Je ne pouvais plus revenir en arrière. Les mots étaient lâchés. Mais c'était un mensonge. Ce que Masha m'avait fait n'avait rien de dégoûtant ni de sexuel, ce n'était pas ce que sous-entend le terme « branler ». Je me sentais sale ; je venais de la diminuer, de la trahir, et pourquoi ? Parce que j'avais peur qu'elle soit avec un autre ?

Plusieurs minutes se sont écoulées sans un mot. On roulait sur l'Interstate 93. Finalement, Doyle a rompu le silence : « En fait, Murph, la question, c'est : pourquoi est-ce qu'il en a pas fait profiter les copains ? Tu sais ce qu'on devrait faire ? On devrait récupérer la bleue et aller voir cette gonzesse.

— La bleue ? j'ai demandé.

— La persuasion bleue », il a dit en nous faisant quitter l'autoroute et tourner vers un quartier de *brownstones*. Il s'était rapproché du volant, ses yeux guettaient les panneaux. « *Crystal blue persuasion*. C'est ça qu'on va chercher. De la meth. »

La surprise m'a plaqué contre mon siège. Je n'avais jamais pris de ça et je n'en avais jamais eu l'intention. « Quoi, de la meth ? T'avais pas dit qu'on allait chercher de la meth. »

Doyle a donné un grand coup de volant et j'ai été projeté contre la portière. La bretelle débouchait sur une rue défoncée qui menait à une cité en brique tentaculaire. « C'est pas pareil que l'acide, il a dit. Ça t'envoie pas dans un autre monde.

— Tu te sens puissant, a dit Murphy. T'es Superman. Et ça te file la gaule pour la journée. »

27

Les excuses que je me trouvais étaient tellement cousues de fil blanc que j'aurais pu m'en faire une chemise. Je me racontais que Masha était avec Emmett, alors qu'est-ce que ça pouvait faire ? Où était le problème ? Ce n'était qu'un petit peu de poudre. Et si je devenais accro, ça lui ferait une autre raison de s'en vouloir. Elle aurait tellement mauvaise conscience d'avoir ruiné ma vie qu'elle serait obligée de m'aimer. Et si je mourais, elle culpabiliserait et ne se maquerait plus jamais. Je l'imaginais rentrer au couvent, travailler avec les pauvres, les lépreux ou je sais pas quoi, et tout ça ce serait à cause de moi.

On a pris les premières traces dans l'appartement où on l'a achetée – un studio encombré de vieux journaux en piles d'un mètre de haut sur lesquelles des légions de cafards cavalaient comme des fourmis qui rapportent des miettes au nid. Le type qui nous l'a vendue était un blanc entre deux âges, les épaules basses, un long visage blafard encadré par des cheveux fins et gras qui formaient une jupe autour de son crâne chauve. Il n'arrêtait pas de tourner autour de nous en parlant des Red Sox et des Celtics et d'autres équipes de sport dont on se moquait royalement.

On ne l'écoutait pas mais ça n'avait pas l'air de l'ennuyer. Il nous donnait des tapes sur les épaules, nous incitait à faire des traces plus grosses.

La montée a été instantanée. Avant que j'aie fini de prendre la première ligne, sur la couverture d'un numéro de *Sports Illustrated*, avec un billet d'un dollar, une pointe de douleur a explosé derrière mes yeux. Une seconde plus tard elle a été remplacée par une chaleur liquide qui s'est propagée rapidement dans mes yeux, a traversé mon front et vibré dans mon crâne. La sensation que mon sang se répandait dans mon cerveau. Une sensation à la fois honteuse et rassurante, une couche sur un enfant de quatre ans. La chaleur moite a gagné ma poitrine et mes membres.

Et puis ma peau s'est resserrée, tendue, et j'ai eu des fourmis dans tout le corps. Un sourire incontrôlable étirait mes lèvres. Je n'avais jamais rien ressenti de pareil. « Ouah », j'ai soufflé. Et Murphy avait raison. Je bandais.

« Ooh, aah », a répondu Doyle. On riait tous tellement fort qu'on en pleurait.

« Elle est bonne. Elle est bonne hein ? a dit le chauve en secouant la tête. Tenez, j'ai autre chose pour vous. Je vous les fais pas chers. Je veux juste m'en débarrasser. »

Il est allé à l'évier, il a ouvert le placard du dessous et il en a sorti une boîte à chaussures. Il s'est retourné en époussetant les cafards morts sur le couvercle et il a posé la boîte sur la table basse à côté du sachet de meth. « Allez-y », il a fait en désignant la boîte. Il a croisé les bras comme une femme qui tente de cacher ses seins nus.

Doyle s'est levé avec circonspection et a soulevé le couvercle du bout du doigt. Il a tendu le cou et ses épaules se sont détendues. « Qu'est-ce que… » Il a plongé la main dans la boîte et en a sorti une poignée de couteaux.

« Ils sont trop cool », a dit Murphy. Il en a attrapé un, au manche iridescent jaune et vert, et il a pressé le bouton sur le côté pour le déverrouiller. D'un coup de poignet, il a libéré une lame de douze centimètres.

« Ouais, ouais, j'aime bien cette couleur, a dit Doyle. Passe-le-moi.

— T'as qu'à en prendre un à toi.

— Passe-le-moi ou je te mets celui-ci dans le cul. »

D'une voix vaguement séductrice, le chauve a dit : « Y a des gens qui aiment ça. »

En un instant, Doyle s'est transformé en un tourbillon de colère. « Espèce de sale pédale ! » il a crié, puis il a bondi sur l'homme et lui a mis une rafale de coups de poing. « J'aime pas ça moi », en continuant à le cogner. C'était la première fois que je le voyais comme ça et je suis resté abasourdi, incapable de bouger.

Murphy, lui, ne s'est pas fait prier pour aller coller des baffes et des coups de poing au type, qui s'est rapidement écroulé et roulé en boule. Murphy lui a jeté le couteau au visage et l'homme l'a attrapé et lancé au loin. Il s'est dégagé et s'est traîné jusqu'au mur, où il s'est redressé péniblement. Il a brandi les mains devant lui pour se protéger et implorer leur clémence. Elles étaient tailladées, de petits ruisseaux de sang dévalaient ses paumes. Il a dit : « J'étais pas en train de tenter un truc, mec. Je t'ai pas touché. Je voulais juste dire, pas toi, mais… » Il a tourné la tête vers moi, hébété sur le canapé. Je ne comprenais pas pourquoi c'était à moi qu'il s'adressait. « C'est juste qu'y a des gens qui y arrivent pas avec les filles. »

Le sang m'est monté au visage et sans réfléchir j'ai

attrapé un couteau et je l'ai lancé, fermé, sur l'homme. Le couteau l'a touché au sommet du crâne et a percé une entaille dans la peau qui s'est mise à saigner. Il est tombé à genoux et je me suis rué sur lui, j'avais envie de le tuer. Mais avant que j'aie le temps de lui balancer mon poing, Murphy a ouvert sa braguette et a commencé à lui pisser dessus. Le type s'est couvert la tête avec les bras pour s'abriter.

« Putain de tarlouze, rien que pour ça tu vas nous sucer », a dit Doyle en baissant son pantalon. Il lui a envoyé un coup de poing à la tempe. Le type a valsé par terre.

« Ouais, a fait Murphy, puis il l'a ramassé, mis à genoux et il l'a frappé à l'autre tempe.

— OK OK OK, a gémi le type. Mais me faites pas de mal. » Il a tendu les mains vers Doyle et Murphy.

J'ai reculé jusqu'au canapé et je me suis assis en regardant par terre. Qu'est-ce qui se passait ? Comment on en était arrivés là ? J'étais dépassé, je n'arrivais pas à assimiler la situation. Je n'avais jamais rien imaginé qui ressemble même vaguement à ça et je me demandais comment on en était arrivés là après une ligne de meth.

Murphy continuait à gifler l'homme. Doyle lui collait la lame du couteau contre la joue. « Je devrais peut-être te la mettre dans le cul, histoire de voir si ça te plaît.

— J'ai jamais forcé personne », a gémi le type, et Murphy l'a giflé plus fort.

Quand le type a terminé, il s'est essuyé la bouche et les mains avec une serviette en papier, et Doyle m'a montré du doigt en disant : « Lui aussi.

— Ouais, notre pote aussi, sale tapette, ou je te

défonce », a dit Murphy, puis il lui a mis une calotte à l'arrière du crâne.

Le type s'est traîné jusqu'à moi sur les genoux, il s'essuyait la bouche d'une main et il levait l'autre vers moi.

« Non », j'ai dit. J'avais le souffle court et la tête qui tournait, j'avais peur de tomber dans les vapes. « Non. Je veux pas.

— C'est juste pour se venger, Stewie, a dit Doyle. C'est comme en coller une à ton vieux quand il te fourre une queue de billard dans le cul, pas vrai, Murph ?

— Ou à ta belle-doche quand elle te… » a commencé Murphy avant de s'arrêter.

L'homme s'est rapproché.

« Je veux pas », j'ai répété.

Il a tendu la main et m'a touché. « Non ! » J'ai repoussé son front suant avec la paume de ma main, je l'ai projeté en arrière aussi fort que j'ai pu et il est retombé sur les fesses. Je me suis relevé d'un bond.

Je suis allé à la table et je me suis assis de sorte à cacher le bas de mon corps. J'ai dessiné une trace de meth. Tout en la prenant je me suis recroquevillé, espérant que les autres ne remarqueraient pas ce qu'avait bien perçu le type quand il m'avait touché. Qu'est-ce que ça voulait dire de moi ?

J'ai pris deux autres lignes, senti l'explosion dans mes cavités nasales, la pression dans mes yeux. L'agitation de tous mes nerfs qui se mettaient à danser. J'ai plongé la main dans la boîte à chaussures, j'en ai sorti un autre couteau et je l'ai ouvert.

Je l'ai pointé vers les autres, chacun leur tour.

« Du calme », a fait Doyle. Il a replié son couteau et l'a glissé dans sa poche, puis il a levé les mains.

« On est… wooo… on est tous bien défoncés. On va se poser un peu. »

Murphy a tiré son couteau de sa poche et l'a ouvert. Par terre, l'homme a reculé.

J'ai fendu l'air avec ma lame, comme si elle était assez longue pour tous les trancher en deux. Et si ma mère me voyait ? Qu'est-ce qu'elle penserait ? Ensuite, je me suis demandé pourquoi mon père l'avait traitée de pute. Est-ce que c'était vrai ? Et pourquoi ce mot m'était venu en tête quand j'avais pensé à Masha ?

J'ai placé la pointe de la lame sur le bout de mon index gauche et j'ai appuyé, tremblant des deux bras malgré mes efforts pour les stabiliser. J'ai fermé les yeux, penché la tête en arrière, inspiré un grand coup et la lame a percé la peau. Une boule de feu a surgi dans mon bras, j'ai laissé échapper un hoquet et lâché le couteau qui est tombé sur la table. J'ai regardé le sang s'écouler sur les côtés de mon doigt et je l'ai léché, mes lèvres entourant mon doigt d'un baiser.

28

On a sniffé le reste du sachet, on en a volé trois autres dans la réserve du type et on a aussi embarqué la boîte de couteaux – d'après Doyle, on n'aurait aucun mal à les revendre. On en a choisi trois assortis pour nous, au manche jaune et vert, à la manière d'un gang qui afficherait ses couleurs.

La violence dont Doyle et Murphy avaient fait preuve envers l'homme m'étouffait, drap serré autour de moi. Mais pour eux, ça semblait être un simple incident dans une journée normale. La blessure que je m'étais infligée avec le couteau n'était pas plus folle que ce qu'ils lui avaient fait. Ce que nous avions fait au centre commercial. Ce que tout le monde avait fait à Emmett dans Legion Parkway. Ce que mon père avait fait à ma mère. Tout ça, c'était la même poudre explosive.

En quittant l'appartement je me sentais flou, un nuage de brume vaguement retenu par la gravité de mon système nerveux. Je n'étais pas un solide, plutôt un mélange de gaz combustibles, un flamboiement de haine contre les autres et moi-même. Même le confinement de la voiture n'a pas été un soulagement. Dans ma vie il n'y avait que des gens paumés, mais surtout des gens mauvais. Mauvais pour moi, mauvais pour eux.

Doyle et Murphy jacassaient à l'avant. Mais j'ai été obligé de retrouver un semblant de cohésion quand Doyle s'est tourné vers moi en disant : « Il nous faut un cul.

— Un bon vieux cul qui pue », a ajouté Murphy avec un grand sourire.

J'ai palpé le couteau dans ma poche.

« Comment elle s'appelle la gonzesse ? a demandé Doyle. Celle qui est pas américaine ? »

J'ai pensé à Masha. Et à Emmett. Seuls dans son appartement, en train de… Ma rage a jailli comme une lame et je me suis vu mener la charge dans l'étroite cage d'escalier, défoncer la porte et dégainer mon couteau, Zorro qui dégaine son épée.

C'est là que j'ai entendu au loin la petite voix désespérée de ma conscience, le véritable moi qui appelait depuis la cellule où je l'avais relégué. Qu'est-ce que t'as dans la tête, espèce d'abruti ? T'es glauque, t'es pathétique. T'es dégueulasse, dégueulasse, dégueulasse.

« Tiens, c'est pour toi, a dit Doyle en me lançant un sachet contenant un doigt de meth. Alors, elle habite où ? On est potes, pas vrai ? Et oublie pas, je sais ce qui s'est vraiment passé au centre commercial. Je m'en fous de le dire à tout le monde. J'ai rien à perdre. »

J'entrais en territoire inconnu.

29

C'est le temps qui m'a sauvé. Ou plutôt, le manque de temps.

Quand on est revenus en ville, après avoir été coincés une heure et demie dans la circulation, il était presque 18 h 30. J'avais une heure de retard pour le dîner. C'était le seul rituel auquel tenait mon père – tous les soirs la famille devait se retrouver et dîner ensemble.

« Mon père va me tuer, j'ai dit.

— Dis-lui que tu bossais à la bibli, a suggéré Doyle.

— Mais on était pas à la bibli, a fait Murphy, l'air perdu.

— Putain, mais ferme-la. » Doyle lui en a mis une.

Derrière la vitre, le ciel virait à un gris de terrain vague. Pas d'étoiles en vue.

« Non mais sans déconner, il va me tuer. Faut que je trace.

— Te tuer ? a demandé Murphy. C'est quoi le pire qu'il t'a fait ? »

J'ai réfléchi un instant. « Il m'a mis des coups de ceinture. Il a giflé ma mère.

— C'est tout ? a fait Doyle. T'as la belle vie.

— Dans ma famille d'accueil on nous foutait les

mains sur les feux de la gazinière », a dit Murphy. Il m'a montré ses paumes. J'ai deviné les zones plus lisses où ses empreintes digitales avaient été brûlées.

« Mon vieux, lui, il avait juste envie de se servir de sa queue de billard. Toujours la queue de billard. Rentre dans la baignoire, qu'il disait. J'avais envie de lui dire d'aller s'acheter de l'imagination. »

Je ne savais pas quoi répondre.

Il a tourné dans ma rue et s'est garé à un pâté de maisons de chez moi, pour éviter que mon père le voie. La lumière jaune des lampadaires pénétrait dans la voiture, soulignait nos visages. Dans la pénombre, les orbites de Doyle paraissaient vides. Il a plongé un doigt dans le sachet sur ses genoux et porté un peu de poudre à ses narines.

« Est-ce qu'il t'a appris à tirer ? » a demandé Murphy. Cette fois, même Doyle a été tellement surpris qu'il n'a rien répondu. « Les trucs de parents, tu sais. La femme de ma famille d'accueil, elle nous punissait et après elle nous apprenait à cuisiner des trucs. J'ai oublié quoi. »

Je regardais les immeubles croulants qui escaladaient la colline jusqu'à mon appartement. Ici et là des fenêtres brillaient faiblement, petits carrés tristes. Au-dessus des toits, la nuit tissait sa toile épaisse. « Faut vraiment que j'y aille. Il va me tuer.

— C'est des conneries, ça. » Doyle a abattu sa main sur le volant. « T'y connais quoi, toi ? T'as déjà tué ?

— Je pensais qu'on devait pas… a commencé Murphy.

— Ta gueule. Combien de fois faut que je te le dise ? Toi tu penses pas. »

Leurs regards se sont croisés et aucun n'a baissé les yeux.

Sans lâcher Murphy, Doyle m'a dit, d'une voix sifflante, douce et chaude comme un radiateur qui fuit : « T'as déjà planté un couteau dans un chat ou un chien… ou même un cochon d'Inde ?

— C'est pas facile, a dit Murphy. Faut vraiment y aller. » Il a mimé des coups de couteau. « C'est fatigant.

— Mais tu vas la boucler, oui ? » Doyle l'a chopé par le menton. « Tu dis rien sauf si je te demande. C'est la règle. » Il l'a relâché, s'est carré dans son siège et a sorti son couteau. Il l'a ouvert et il a examiné un côté de la lame, puis l'autre.

Autour de moi l'habitacle rétrécissait. J'étouffais, comme dans un cercueil. J'avais peur de parler. Dehors, la rue était bizarrement déserte, personne dans un sens ni dans l'autre.

« C'est dur, la peau, a dit doucement Doyle, presque un murmure, presque un souvenir d'un moment avec une amante. Le muscle aussi. Et quand tu touches l'os ça rebondit, pareil qu'une balle… faut savoir où aller. Mais quand ça rentre… ça se détend et là tu sens… ça coule dans ton bras… Comme quand tu te piques. Ça monte dans ton bras et dans ta poitrine et dans ta tête et quand tu ressors la lame tout se dégonfle, encore mieux que quand tu t'endors sous héro. C'est comme… d'abord t'es aspiré à l'intérieur de l'autre, à l'intérieur de toi. Et après t'oublies tous les sales trucs que t'as ressentis dans ta vie. Et l'autre, il est en toi et en même temps il est plus là, mais toi t'es… t'es plus… t'es quelque chose, au moins.

— Comme les guirlandes de Noël », a dit Murphy.

En parlant, Doyle s'était lentement rapproché de Murphy, et d'un coup il s'est reculé. « De quoi tu parles ?

— Une fois, on est allés chez une vieille pour Noël. Ma grand-mère ou je sais pas quoi. Aussi bien c'était personne. Juste une vieille que le père de ma famille d'accueil baisait sur la table de la cuisine. Ils nous ont dit de nous asseoir sur le canapé. On était censés voir le Père Noël. Donc on s'est assis sur le canapé et on a regardé le sapin. Ils avaient un sapin avec plein de lumières et tout. Et moi je regardais les lumières pendant que la vieille gueulait dans la pièce à côté. Notre grand-mère ils nous ont dit. Sauf qu'on avait pas de parents. »

Doyle m'a regardé en secouant la tête, perplexe, puis il a dit : « C'est quoi ces conneries de souvenirs de Noël ?

— Du sang sur une lame. Ça ressemble à des lumières sur des guirlandes de Noël.

— J'ai jamais vu un sapin de Noël, a fait Doyle. Genre, de près. » Il s'est tu un moment, puis il s'est animé, il nous a regardés Murphy et moi et il a dit : « On devrait aller faire un truc.

— Faire quoi ? j'ai demandé.

— Ce que tout le monde nous fait depuis toujours. N'importe quoi. »

Murphy a ouvert sa portière et il est sorti.

« Qu'est-ce que tu fous ? » lui a crié Doyle.

Murphy a rabattu le dossier du siège avant pour que je puisse sortir. « J'aimerais bien avoir un daron qui me met des trempes, a dit Murphy. Je serais pas le même. »

Je me suis extirpé de la voiture et je me suis mis à courir sur le trottoir envahi par les mauvaises herbes. J'ai franchi d'un bond le perron de mon immeuble, j'étais fébrile, comme si une maladie nerveuse m'empêchait de contrôler mes muscles. La meth redescendait et j'avais l'impression d'avoir du papier de verre à la place de la peau. Mon cerveau avait été remplacé par des trous fumants, des fossés, des poches vides là où il y avait des neurones autrefois. Physiquement, je me sentais à deux doigts de la désintégration. Mais je me disais qu'au moins le pire était passé.

Enfin, c'est ce que je croyais.

30

Au rez-de-chaussée, Mme McMahon, une vieille Irlandaise qui louait deux chambres de son appartement à une bande d'alcooliques, était devant sa porte ouverte, elle regardait dans la cage d'escalier, son front couvert de grains de beauté plissé par la concentration. Quand elle m'a vu, son visage s'est lissé et elle a pris un air apitoyé. Elle a touché son chignon gris retenu dans un filet et elle a dit : « Mon chéri, et si tu venais boire une tasse de thé et tenir un peu compagnie à une vieille femme ? »

J'ai hésité, senti l'odeur de gaz chaude et douceâtre qui flottait de chez elle jusqu'au hall. C'était la première fois qu'elle m'invitait à entrer et je ne savais pas à quoi m'en tenir. Est-ce qu'elle le faisait maintenant parce que j'étais devenu un héros ? C'est là que j'ai entendu tonner la voix de mon père dans les étages, un animal enragé qui se jette contre les parois de son enclos.

J'ai tourné rapidement la tête vers Mme McMahon et je me suis élancé dans l'escalier. En tournant sur le palier du premier étage, M. et Mme Kuchak ont ouvert les mains d'un geste implorant et m'ont fait : « Stewie, attends. »

Je n'ai pas attendu. J'ai continué à monter deux à deux puis trois à trois, en me hissant à la rampe en bois. Mon père s'échauffait de plus en plus ; ma mère le coupait à coups d'éclats de voix. Mais quand je suis arrivé à la porte de notre appartement, tout s'est calmé pendant une seconde.

J'ai posé les doigts sur le panneau rayé de la porte et j'ai tendu l'oreille. Fais quelque chose, je me disais. Sois un héros. J'ai poussé la porte et me suis faufilé sur le seuil. Ils étaient tout au fond, dans la cuisine, face à face près de la fenêtre qui donnait sur la ruelle.

Haussant la voix, d'un ton rebelle mais teinté de peur, ma mère a dit : « C'est juste un collègue, bon Dieu.

— Tu parles. Tu déjeunes avec lui. C'est un nègre. » Le mot s'est fracassé contre la porte.

« C'était à la cantine, a plaidé ma mère.

— Tout le monde vous a vus.

— Vus faire quoi ? Oh Seigneur, on en a parlé cent fois et tu… tu veux rien entendre. Tu veux juste être… en colère.

— Tu t'es assise à côté de lui.

— Je me suis assise en face de lui. Je m'assieds en face de centaines de personnes.

— Mais t'es une menteuse, parce que y avait que vous deux sur la table.

— C'est ma faute si personne d'autre est venu s'asseoir là ? Y avait cinquante personnes dans la cantine. Il s'est passé quoi, à ton avis ? » J'ai entendu son soupir exaspéré. « Qu'est-ce que tu veux que je te dise ? Qu'il a sorti sa bite, qu'il l'a étirée jusqu'à l'autre côté de la table et qu'il m'a baisée ? »

Là, mon père a pété les plombs et l'a frappée au visage, un son lourd comme un morceau de viande qui tombe sur l'établi du boucher. Elle a volé par terre. « Sale pute ! » il a gueulé, planté au-dessus d'elle, les poings serrés, boxeur victorieux.

Je suis ressorti, j'ai jeté un œil dans la spirale de la cage d'escalier, vu les visages des voisins levés vers moi. Je me suis dit qu'ils avaient tout entendu. À cet instant je les ai haïs, tous ; et j'ai haï mes parents qui les avaient sortis de leur appartement et leur avaient fait assister à mon humiliation.

Mes mains se sont mises en mouvement toutes seules. La gauche a plongé dans la poche de mon pantalon. La droite a poussé la porte qui a tapé contre le mur. J'ai brandi le couteau, je me suis avancé dans l'appartement, les jambes tremblantes, et j'ai sorti la lame. J'ai crié : « Arrête ! »

Dans la cuisine, j'ai pointé la lame vers le visage surpris de mon père, puis vers ma mère, assise devant lui, les jambes ramassées sous le corps comme à un pique-nique. J'ai pensé à Murphy et au type qui avait rattrapé la lame, qui s'était tailladé les paumes en éloignant l'acier. J'ai agité le couteau en direction de mon père.

Je n'avais aucune idée de ce que j'essayais de faire, aucun plan. Je ne savais pas vers où diriger le couteau. Je le faisais aller et venir entre mon père et ma mère. Sur mon front la sueur est devenue visqueuse ; un mince filet a coulé dans mon œil et m'a piqué. Qu'est-ce que je foutais ? Qu'est-ce que je voulais ? Ma main tremblait. Ma paume devenait glissante.

Clignant des yeux à cause de la transpiration qui me faisait voir flou, j'ai regardé mon père, je m'attendais à le voir abandonner, montrer un signe de peur. À la place, il s'est moqué de moi.

« Tu fais quoi, là ? » Sa main a jailli si vite que je

n'ai pas eu le temps de bouger. En un seul geste il m'a attrapé et tordu le poignet, m'a plié le bras dans le dos et m'a expédié tête la première sur le carrelage, me lâchant pendant ma chute histoire que je tombe plus fort, et je me suis écrasé le visage contre le sol.

J'ai laissé échapper un cri. Le couteau est parti tinter quelque part. Je me suis hissé sur les genoux. Dans le regard de ma mère, je me suis vu en créature étrange dont il fallait se méfier. « Où t'as eu ce couteau ? » elle m'a demandé.

La main de mon père avait laissé une marque d'un rouge profond sur sa joue. Sur l'autre, on voyait encore le bleu de l'autre jour. J'ai eu envie de lui demander ce qui n'allait pas chez elle. J'essayais de la sauver.

J'ai regardé sa bouche, le rouge étalé en hachures autour de ses lèvres. Je n'arrivais pas à bloquer les images d'elle et de l'autre homme qui se formaient dans ma tête. « Je l'ai trouvé. »

Un grand coup à la nuque m'a fait partir en avant. Le choc a été si fort que mes dents du bas ont fendu ma lèvre. Le sang s'est écoulé sur ma langue, amer et cuivré. Je me suis mis à pleurer. Avec un regard en coin vers mon père, en gardant les épaules basses de peur qu'il ne me frappe encore, j'ai dit : « C'est un mec… il vendait des couteaux… devant l'école.

— Quel mec ? » il a demandé en m'attrapant par la chemise et en me relevant. Il m'a assis sur une chaise comme un prisonnier. Ma mère a voulu se redresser, mais il lui a lancé un regard qui l'a fait renoncer. Il a écarté les jambes, mains sur les hanches, et il s'est tourné vers moi.

Voilà comment ça a commencé. Une heure d'interrogatoire. Une heure d'histoires et de mensonges. Au moins, ils avaient arrêté de se disputer.

J'inventais des réponses à toutes les questions de mon père. J'ai décrit l'homme que nous étions allés voir à Boston – aucun risque, ils ne le trouveraient jamais par ici. J'ai dit à mon père, honnêtement, que je ne savais pas comment il s'appelait. Il ne cherchait pas la vérité ; il voulait une identité. Il a insisté et j'ai fini par dire qu'on l'appelait le Crapaud. J'ai juré que j'avais séché des déjeuners pour économiser de quoi m'acheter le couteau.

Il a voulu savoir pourquoi je l'avais acheté.

J'ai pensé à un album de Bill Cosby que tout le monde connaissait à l'époque, et j'ai eu envie de lui citer le titre : *Why Is There Air?*

Mais j'ai plutôt décidé de lui donner deux raisons, une qui le satisferait, l'autre qui lui fermerait son clapet. « Fallait que je me protège de… » j'ai hésité, regardé ma mère. Tout le monde fait des compromis. « … des nègres, au cas où je me serais encore fait agresser. Et… » Ma mère se cachait le visage. Je me suis retourné vers mon père. « Fallait que je protège Maman pour pas que tu la frappes. »

Il a été tellement pris de court, tellement contrarié par ma réponse qu'il a fait deux pas en arrière. « Je la frappe pas », il a dit.

Par terre, ma mère a fait : « Ah ouais ? Et ça, c'est quoi ? »

Il a baissé les yeux vers elle puis il s'est détourné, il a frotté ses mains calleuses sur son visage comme pour essayer de le nettoyer.

Je me suis cru tiré d'affaire. Il ne s'était pas rendu compte que ma version était bidon. Il aurait fallu que je saute le déjeuner pendant des mois pour me payer le couteau. L'agression au centre commercial n'avait eu lieu que deux semaines plus tôt, et c'était seulement le week-end dernier qu'il l'avait frappée pour la première fois.

Ma mère, elle, n'était pas dupe. Elle s'est essuyé les yeux avec les doigts et m'a regardé avec un air, non pas de gratitude, de considération ou de tristesse, contrairement à ce que j'attendais, mais de franche circonspection envers une chose dangereuse et traître, une vipère planquée dans un tas de bois.

J'ai ressenti la honte du mari violent, pris sur le fait mais qui cherche quand même à nier l'évidence. J'ai fermé les poings, mes bras tremblaient. J'ai eu envie de la frapper parce qu'elle m'empêchait de maîtriser cette « vérité ».

Mon père s'est baissé, il a ramassé mon couteau et l'a empoché. Il m'a envoyé dans ma chambre avec un geste du bras et quelques mots marmonnés. En partant, je l'ai vu du coin de l'œil qui marchait vers ma mère et tendait la main pour l'aider à se relever. Il a commencé : « Je suis… », mais il n'a jamais réussi à sortir le « désolé ». Elle a refusé sa main et s'est mise debout toute seule.

Je n'ai pas fermé l'œil de toute cette longue nuit, j'écoutais les hululements des sirènes, les quintes de toux des voitures, et de temps à autre l'aboiement d'un chien qui déclenchait automatiquement un chœur de réponses.

Mon esprit me torturait, m'infligeait des images de ma mère avec un noir qui ressemblait à Emmett. Puis ils sont devenus Masha et Emmett. J'ai revu le type dans l'appartement, Doyle et Murphy qui lui violent le visage. Toutes ces images ont fusionné jusqu'à ce que les visages de ma mère, de Masha et du type ne fassent plus qu'un, penché sur l'entrejambe d'Emmett, sur celui de Doyle et celui de Murphy, sur le mien.

J'étais à la fois dégoûté et excité et j'ai pensé à Masha, à la douceur de ses cheveux, de son sourire. J'étais excité et je me suis soulagé et j'en ai été encore plus dégoûté.

J'étais agité dans mon lit. La lumière du lampadaire s'infiltrait par ma fenêtre et donnait une teinte jaunâtre à l'air. J'ai repensé à mon entrée, couteau à la main. Qu'est-ce que j'essayais de faire ? Qu'est-ce que j'essayais d'être ? J'étais répugnant. Est-ce que c'était un rêve ? Je me suis pincé fort, sans réussir à m'assurer de ma propre réalité. J'ai regardé mon jean, en boule dans un coin de la chambre, et je me suis souvenu qu'il me restait un sachet dans la poche.

J'ai bien écouté, guetté les bruits indiquant que mes parents seraient encore éveillés. Rassuré par le silence, je suis sorti de mon lit, j'ai attrapé le sachet, l'ai serré contre mon ventre et je me suis dépêché de rentrer sous la couverture.

J'ai encore attendu quelques minutes, j'écoutais le tic-tac de l'horloge de la cuisine et les plaintes diverses de l'immeuble qui se tassait.

Lentement, j'ai ouvert le sachet, mouillé le bout de mon petit doigt, et je l'ai plongé dans la poudre. Puis je l'ai enfoncé dans ma narine et j'ai aspiré.

J'aimerais dire que mon humeur s'est allégée, que je suis devenu heureux et insouciant ; ce n'est pas vrai. La meth est une drôle de drogue. Elle prend la route sur laquelle on est et elle en fait un tunnel, dans lequel on se sent protégé ; sauf que le tunnel, il est en pente, et même si la route paraît dégagée devant nous, on a l'impression de foncer en roue libre.

C'est vrai, pour le moment, j'oubliais mes soucis. Mon humeur était modifiée, faussée, tordue. Je me sentais confiant, mais c'était une confiance affûtée par une méchante colère.

J'ai appuyé ma tête contre le mur, remué les pieds. Une chanson des Animals tournait dans ma tête : « It's my life, and I'll do what I want. It's my mind and I'll think what I want. »

Qu'est-ce que je voulais ? Si je pouvais avoir tout ce que je voulais, qu'est-ce que je choisirais ?

Ce que je voulais, c'était mon couteau.

31

Cher lecteur,

Je sais ce que vous vous dites. Vous croyez avoir tout compris.

Peut-être.

Peut-être pas.

N'oubliez pas que dans la vraie vie, les histoires n'ont pas toujours un sens. Les faits et les circonstances peuvent vous sembler indiquer une direction, mais il se peut que les acteurs n'arrivent jamais au centre de la scène. D'autres acteurs peuvent entrer par les côtés.

La morale de cette histoire est peut-être que la vie n'est pas ordonnée, prévisible, facile à expliquer. Qu'elle ne tient pas debout. Qu'il n'y a pas de causalité. La morale, c'est peut-être que les choses se produisent hors de notre capacité à les cerner ou à les contrôler. La violence est une force arbitraire, semblable à la chute d'un arbre dans une forêt. À un couteau plongé dans une chair.

Vous voudriez que cet acte de violence soit la conséquence « logique » de la dépravation d'une personne, l'aboutissement dramatique mais logique d'une vie dérangée.

Parce que si on vous laisse la possibilité de croire que c'est l'un d'entre nous, que cette horreur est la réaction d'une personne à la trajectoire de sa vie biaisée, alors vous vous sentirez en sécurité.

Alors vous pourrez faire comme si en aucun cas le coupable n'aurait pu être… vous.

Il faut tout un village pour élever un enfant…

32

Il faisait un silence oppressant dans la maison. D'habitude le samedi c'était le jour des révisions, mon père me déposait à la bibliothèque juste avant 9 heures, en allant travailler à la station-service, et me donnait toujours le même conseil : « Potasse tes cours, si tu veux pas finir comme moi », mais ce samedi-là il n'a même pas toqué à ma porte. Quand je me suis réveillé, il était déjà parti. Ma mère aussi, alors qu'elle n'avait jamais rien à faire le samedi matin. Les seuls indices montrant qu'elle avait passé la nuit ici étaient la couverture et l'oreiller sur le canapé.

J'ai commencé par fouiller la commode de mon père et retrouvé mon couteau dans son tiroir à sous-vêtements, caché sous ses slips. Ensuite, j'ai mangé une Pop-Tart et je suis allé à la salle de billard, en ville, dans l'idée d'y retrouver Doyle et Murphy parce que, au fond, je n'avais personne d'autre dans ma vie.

Quand je suis entré, ralentissant le pas pour me laisser le temps de m'habituer à la pénombre et à la fumée, j'ai vu Doyle penché sur une table du fond. Il s'entraînait à jouer avec la bande. Au coin de ses lèvres, une Camel pas allumée dansait en même temps qu'il parlait. « Putain, t'es là. Génial. Débarrasse-moi de ce taré. » Avec sa canne, il a montré Murphy, avachi sur un tabouret, la tête contre le mur, les yeux injectés de sang et soulignés par des croissants noirs.

« Quoi ? De quoi tu parles ? J'ai presque rien dit.

— T'as dit au moins trois milliards de trucs, espèce de manche à couille de merde. » Doyle a tiré, la blanche a frappé la sept, qui a tapé contre la bande opposée, est allée rebondir sur celle du fond, est revenue à son niveau, puis a roulé jusqu'au trou d'en face.

« Je vois pas comment j'aurais pu dire tout ça. Même si j'avais dit un mot par seconde. Combien de secondes y a dans une nuit ? Pas plus d'un million, si ? »

Doyle a jeté sa canne sur la table et s'est dirigé vers la sortie. Chaque fois que les talons de ses mocassins touchaient le sol, les punaises qui les fixaient lâchaient des tintements aigus et irrités. Je l'ai suivi. Derrière nous, Murphy est descendu de son tabouret et a crié : « On s'en va ?

— Plan B, a fait Doyle par-dessus son épaule.

— Excellent ! » a dit Murphy qui s'est mis à courir pour me passer devant et arriver plus vite à la porte.

Sur le trottoir, plissant les paupières à cause de la lumière, Doyle a lancé sa cigarette vers la rue.

« C'est quoi le plan B ? » j'ai demandé. J'étais suspicieux. Ils avaient un truc en tête et je ne savais pas quoi.

« Je te dirai dans la bagnole », a fait Doyle sans me regarder. La Mustang était garée à moins d'un demi-pâté de maisons. Doyle a donné une claque sur le capot en la contournant pour aller à sa portière.

J'ai hésité devant la portière passager.

« On y va, a dit Murphy en attrapant la poignée.

— Où ? je lui ai demandé.

— Plan B, a souri Murphy. Plan Baise. »

Il est monté à l'arrière. Je suis resté sur le trottoir sans bouger. J'ai demandé : « Avec qui ?

— Avec ta mère », il a dit.

J'ai rougi de honte et de colère. Est-ce qu'ils étaient au courant ? Est-ce que mon père avait raison ? Si ça se trouvait, tout le monde était au courant et j'étais la risée du quartier.

« Non mais, toi, si t'avais un demi-cerveau il se sentirait seul, a dit Doyle à Murphy.

— J'ai un demi-cerveau, et je me sens pas seul », a dit Murphy en rigolant.

Doyle jouait distraitement avec une cigarette et me faisait signe de monter. « Je te dirai quand on aura démarré. »

Je me suis dit : Je peux y arriver. Je peux leur tenir tête. Je me suis coulé sur le siège avant avec une main sur la poche pour cacher les angles du couteau.

Il était 9 heures, mais les rues étaient désertes. Ici et là, un poivrot titubait d'une vitrine à l'autre, l'air de chercher un truc qu'il aurait perdu pendant la nuit. Seuls ou à deux, des gens se hâtaient sur les trottoirs, ils allaient travailler dans les magasins de vêtements ou d'électroménager qui n'ouvraient pas avant 10 heures.

Doyle a pris vers l'est par le quartier des usines, puis vers le nord après avoir passé le poste de police et la nouvelle cité. Je voyais ce qu'il avait en tête.

« Stewie, on est potes, pas vrai ? »

Je n'ai pas répondu.

« Et les potes ça partage tout, pas vrai ? »

Je regardais par la fenêtre le défilé des bars et des pizzerias.

« On se serre les coudes. On se file des coups de main. Tu vois l'idée ? Par exemple… » Il a laissé passer un temps puis il a repris, d'une voix plus tranchante.

« Les potes, ça balance pas les potes. Évidemment, si c'est pas des potes, c'est pas pareil… tu piges, le héros ? »

Les poils de ma nuque se sont hérissés, j'étais aux abois. J'ai serré les mâchoires.

Puis la voix de Doyle s'est radoucie. C'était la voix d'une personne qui présente ses condoléances à la famille d'un défunt dans le silence d'une veillée mortuaire. « Ça me fait pas plaisir de te le dire, mais mon frère connaît son frère. » Il a reniflé, écrasé sa cigarette dans le cendrier, puis il a secoué son paquet pour en faire sortir une autre qu'il a coincée entre ses lèvres. Avec l'index, il a enfoncé l'allume-cigare.

Je me suis senti basculer, tomber dans un gouffre ; mon esprit cherchait à quoi se raccrocher pour interrompre ma chute, ou au moins la ralentir. « Il parle pas anglais, j'ai croassé, tirant difficilement les mots de ma gorge nouée.

— Je l'ai vu dans le coin. Dans les bars et en boîte. Il passait son temps à se battre, surtout l'été dernier, quand sa sœur, ta Polack… » L'allume-cigare est remonté avec un bruit qui m'a fait sursauter. Quand Doyle a eu fini de s'en servir, il l'a remis à sa place et a plongé la main dans la poche de son blouson en jean. Il en a sorti un sachet qui contenait plusieurs cuillerées de meth. « Tiens, tu vas avoir besoin de ça », il a dit en me le lançant. Comme j'hésitais, il a ajouté : « Allez, vas-y.

— Il s'est passé quoi l'été dernier ? j'ai demandé.

— Tu vois le mec que tu voulais pas qu'on cogne ? D'après mon frère, elle se l'est tapé et elle s'est probablement tapé aussi la moitié des mecs de la cité. Allez, tu sais que c'est vrai. Tant qu'à s'en faire un, autant tous se les faire, hein. »

J'ai regardé le sachet sur mes genoux. À l'intérieur, il y avait un morceau de paille en plastique. Je l'ai ouvert, j'ai pris la paille et j'ai inspiré une bonne quantité dans chaque narine. La dope m'a cogné derrière les yeux avec un bout de métal aiguisé.

La sueur a commencé à ruisseler sur mon visage. Je n'étais plus le seul à savoir pour Emmett et Masha. D'autres étaient au courant, donc tout le monde le serait bientôt. J'ai regardé la spirale orange de l'allume-cigare, avec lequel Doyle rallumait sa cigarette. Fait chier.

« Ça m'ennuie de te le dire, a fait Doyle. Mais à quoi ça sert les amis ? Si ça avait été moi, j'aurais préféré qu'on me le dise.

— Sérieusement, a dit Murphy en se balançant sur la banquette arrière. Si elle a baisé avec lui elle est obligée de baiser avec nous. On est blancs. »

Doyle a bifurqué à droite dans la longue pente qui menait au Village. « Tu peux pas la laisser s'en tirer aussi facilement, a dit Doyle. Elle te fout la honte. Elle t'a embrassé, non ? Elle t'a embrassé sur la bouche ? Et elle a mis sa petite langue, hein ? »

Il a tourné la tête vers moi. Son insistance me rendait nerveux, m'agaçait. Je me suis mis à transpirer plus vite, plus fort. J'ai acquiescé pour qu'il arrête de me regarder.

« Elle t'a embrassé mais elle l'a embrassé lui d'abord. Elle te prend pour une tarlouze. Tu peux pas la laisser s'en tirer aussi facilement. Stewie, mon pote, faut qu'elle retienne la leçon. »

Il m'a tendu sa paume ouverte. « Passe-moi le sachet. » Il a planté la paille dans sa narine et, tenant le sachet d'une main, il l'a rapproché de son visage et a pris une grande inspiration sans lâcher le volant.

« Moi ce que je pense, c'est que tu rentres, tu vas la voir et tu la persuades de sortir. On l'emmène au parc et on lui montre qu'elle peut pas traiter notre pote comme ça. On lui fait regretter ce qu'elle t'a fait. Et tu sais quoi ? Après, je te parie qu'elle reviendra te voir en rampant et qu'elle fera tout ce que tu lui diras. Après, ça sera ta putain d'esclave. »

Je ne voulais pas me laisser entraîner là-dedans mais je ne voyais pas comment sortir de la voiture. Ouvrir la porte et sauter ? On longeait la cité sur notre droite, les appartements entassés sur notre gauche. Le Lithuanian Social Club était à deux pâtés de maisons devant nous.

« C'est quoi l'adresse ? Je prends à gauche ici ou à la prochaine ? » m'a demandé Doyle en ralentissant.

Comme je ne répondais pas, il a viré à gauche sur l'axe principal.

On a failli passer sans la voir. J'y ai repensé je ne sais combien de fois depuis. À deux secondes près, rien de tout ça ne se serait produit. Si j'étais allé aux toilettes, si j'avais mangé une Pop-Tart de plus, si j'étais allé à la bibliothèque. Je sais que Dieu nous a dotés d'un libre arbitre, et je sais que nos choix nous appartiennent, mais ça n'aurait pas été un drame pour Lui de nous ralentir un instant, de nous coller derrière une voiture qui se traînait, de nous arrêter à un feu rouge, n'importe quoi, de fourrer Sa grande main dans nos vies pour nous empêcher d'aller là où on se dirigeait.

Le bus était à l'arrêt au coin de la rue, sur notre gauche. Doyle et moi on regardait devant, mais Murphy a aperçu les cheveux blonds de Masha. Il a crié : « Elle est là ! Elle prend le bus ! Le bus ! »

Doyle a fait demi-tour, les pneus ont crissé, il a coupé la route à une berline qui nous a klaxonnés. Il lui a fait un doigt, a redressé la voiture et mis les gaz.

Mais le bus démarrait déjà. « Putain ! » Il a tapé sur le volant puis il s'est reculé, les bras et le cou tendus. Ses yeux s'agitaient dans tous les sens, il cherchait un plan.

« OK. C'est bon. On va la suivre. Elle va bien finir par descendre. Et là… » Il a eu un sourire de chat. « Ce sera à toi de jouer, monsieur le Héros. »

J'ai failli lui en mettre une. Mais juste quand j'allais pivoter, le bus s'est rangé devant l'arrêt en face des tours de la cité. Et là ça a été pire que tout ce que Doyle avait dit ce jour-là. Parmi la demi-douzaine de personnes qui attendaient le bus, j'ai vu une silhouette connue, en dashiki orange, avec un globe de cheveux crépus autour du crâne.

Il a regardé dans notre direction. Je l'ai vu plisser les paupières, puis ouvrir grands les yeux. Sa bouche a dessiné un grand sourire et il nous a fait signe de la main. Après un dernier regard à la porte ouverte du bus, il a tourné les talons et s'est mis à courir vers la voiture.

33

J'ai baissé ma vitre et Doyle a crié : « Kestufou ? »

Emmett est venu jusqu'à ma portière et s'est appuyé au cadre de la fenêtre. « Ça va, mon pote ? » Il a avancé une main au-dessus de mes cuisses. J'ai ouvert les paumes, crispé, et il y a laissé tomber une pilule violette pas plus grosse qu'une tête de clou de girofle. « Acide.

— Acide ? a fait Doyle. Montre voir. » Il s'est tourné rapidement, tendant le cou pour voir ce que j'avais dans la main.

Emmett a passé la tête par la fenêtre. En reconnaissant Doyle et Murphy, il a pris un air alarmé. Mais il était là pour affaires, et il a mis de côté tout ce qu'il pensait d'eux pour demander à Doyle : « Ça t'intéresse ? »

Devant, le moteur du bus a vrombi. Le pot d'échappement a craché une fumée noire.

« Monte, a fait Doyle. Magne-toi. »

J'ai ouvert la porte et tiré sur la manette du siège. Le dossier a bondi en avant et m'a plié en deux, la poitrine contre les genoux.

« Je veux pas être assis à côté d'un… a commencé Murphy.

— Ta gueule, a dit Doyle.

— Mais…

— J'ai dit ta gueule. On fait des affaires. » Puis il s'est tourné vers Emmett et il a lancé : « Monte ! Bouge ton cul ! »

Emmett a agrippé le toit et s'est balancé à l'intérieur comme un gamin dans une cage à poules. L'espace de quelques secondes, je me suis souvenu du petit garçon qu'il avait été, de son sourire joyeux et insouciant.

Ensuite, je n'ai plus eu le temps de réfléchir parce que Doyle a démarré, fait grincer la boîte de vitesse, et la voiture s'est lancée à la poursuite du bus. J'ai tendu un bras affolé, j'ai attrapé la portière et je l'ai refermée.

« Où vous allez, les gars ? » a demandé Emmett. Son afro touchait le plafond de l'habitacle.

Il y a eu un silence. On s'est regardés. Personne ne savait quoi répondre. Pour finir, Doyle a fait : « Nulle part. En ville.

— Top. Ça m'évite de payer le bus. Du coup je vais vous faire un prix. » Emmett a souri à la ronde. Il m'a posé la main sur l'épaule. « Merci encore, mon pote. Tu sais, depuis le primaire, je t'aime bien. »

Doyle a tourné le rétroviseur pour voir Emmett.

À l'arrière, Murphy, assis aussi loin que possible d'Emmett, a tourné la tête vers lui. « T'étais en primaire avec Stew ?

— Non, Murph, a dit Doyle. Quand ils sont nés ils avaient déjà douze ans et ils ont commencé direct en 6e.

— Tu te fous de moi, a dit Murphy.

— T'es sûr ? » a demandé Doyle.

Emmett a éclaté d'un grand rire sonore.

« C'est quoi qui te fait marrer ? » lui a demandé Murphy.

Emmett a remué sur son siège, nous a lancé un coup d'œil à Doyle et moi, puis, comme s'il répétait une chose que tout le monde savait, il a dit : « Toi. »

Ça nous a tous fait rire, sauf Murphy.

C'est là qu'Emmett a remarqué le sachet sur ses genoux. « C'est quoi ça ?

— Ma bite, a répondu Murphy. Ça t'intéresse ?

— Non, je parle pas du tout petit truc, a dit Emmett, en marquant un temps pour nous laisser rire encore. Y a quoi dans le sachet ?

— *Crystal blue* », a dit Doyle en le regardant dans le rétroviseur. Emmett paraissait perplexe, alors il a ajouté : « De la meth. T'en veux ? »

Emmett s'est passé la main sur le menton. « J'ai un truc que tu cherches, t'as un truc que je cherche. On pourrait faire un échange. » D'une poche cachée dans son dashiki, il a tiré une enveloppe pliée en trois.

Doyle a réfléchi un moment. « Il m'en reste pas beaucoup, et je vais peut-être avoir du mal à en reprendre à mon fournisseur, mais j'ai autre chose qui pourrait te plaire. » Il m'a fait signe d'ouvrir la boîte à gants. J'ai appuyé sur le bouton, le rabat a basculé et une demi-douzaine de couteaux à lame rétractable ont dégringolé par terre. Je me suis baissé pour les ramasser.

Emmett a passé la tête par-dessus le dossier de mon siège, son haleine chaude sentait la saucisse. Je lui ai présenté les couteaux et il en a pris un à manche bleu. « Ah, ouais. Ah, ouais ouais ouais. Avec ça, plus personne va venir me faire chier. » D'un mouvement rapide, il a ouvert la lame et l'a pointée sur Murphy.

Murphy s'est tassé contre la portière et a levé les mains. Emmett a ri et tourné le couteau vers sa vitre, pour mieux l'examiner. « Ma mère m'en a offert un quand j'étais gamin, il a dit. Je l'adorais. »

On a suivi le bus tout le long de son trajet pétaradant jusqu'à la ville. Doyle et Emmett ont trouvé un accord : une cuillerée de meth et deux couteaux contre dix acides, que Doyle savait pouvoir revendre 10 dollars pièce.

Ils ont fait l'échange et Doyle lui a demandé : « Où tu veux que je te laisse ? » On était dans Main Street, à un bloc de la salle de billard, pas loin de Legion Parkway. Devant nous, le bus a mis son clignotant, il allait prendre la direction du lycée.

Emmett a répondu : « Où vous allez ? Je pourrais peut-être rester un peu avec vous. »

Le silence qui a suivi était tendu. Prudemment, Doyle a fini par répondre : « Ici, peut-être ? On doit voir quelqu'un.

— Qui ?

— Tu connais pas. Une gonzesse.

— Elle va tous nous sucer, a laissé échapper Murphy.

— Les gars, je viens avec vous. Ça me botte bien.

— Elle… t'aime pas », a dit Murphy. Tout le corps d'Emmett s'est crispé, il s'est tourné vers lui.

« C'est vrai, j'ai dit. Elle déteste les mecs qui sont pas blancs. Moi je trouve ça nul, mais c'est ce qu'elle nous a dit. » Je me sentais revenu en primaire, quand j'avais le pouvoir d'autoriser Emmett à jouer avec moi ou pas.

Il a planté ses yeux dans les miens, l'air perdu, pareil que si je venais de le trahir une nouvelle fois. Son visage s'est fermé, il a levé la tête. Quand il a rouvert la bouche, ça a été pour fanfaronner. « Ça c'est parce qu'elle me connaît pas, sinon je te jure qu'elle changerait d'avis. Parce que moi j'ai ce qu'il faut et en plus je sais m'en servir. Suffirait qu'elle essaye une fois et elle en voudrait encore. C'est toujours la même chose. Dès qu'elles y goûtent, je peux plus les retenir, mec. Elles essayent de m'enlever mon futal devant tout le monde, elles me traînent dans les ruelles et tout. Tu vois la pièce au sous-sol, près de l'atelier, à l'école ? Le grand placard où ils rangent tous les bidons ?

— Ouais », a dit Murphy, s'avançant maintenant pour mieux entendre. Doyle a lancé un regard intéressé dans le rétroviseur. « Ben quoi ?

— Tous les jours y a des nanas qui m'entraînent là. Personne peut nous entendre.

— Le placard sous l'escalier du fond ? a demandé Doyle.

— Ouais.

— Je le connais », a dit Murphy.

J'ai visualisé l'intérieur. J'y étais déjà allé avec Doyle et Murphy, la fois où ils avaient volé un bidon de lubrifiant industriel. Cet après-midi-là, on était allés au parc, dans un bosquet, on en avait versé dans des sacs en papier et on avait respiré les vapeurs jusqu'au moment où on s'était mis à se baver dessus.

Mais, en pensant à ce placard, ça n'a pas été les bidons que j'ai vus, en piles contre les murs. Ce que j'ai vu, c'est Emmett qui y entrait avec Masha, Masha qui s'agenouillait, qui caressait sa braguette et qui l'ouvrait.

J'ai appuyé la tête contre la vitre. J'étais rouge, je recommençais à transpirer et je détestais ça. Plus j'avais peur que les autres le remarquent, plus je transpirais et plus j'étais écarlate.

Comme pour me narguer, Emmett a dit : « Y en a une qui m'appelle Mister Kielbasa.

— Mister quoi ? a fait Murphy.
— Kielbasa. C'est une saucisse polonaise, aussi grosse que ton poignet, mon pote.
— Polonaise ? » a demandé Doyle. Sa voix était parfaitement innocente, mais j'ai senti son regard glisser vers moi.
« Ouais, polonaise, grecque, un truc dans le genre.
— Et elle t'a fait quoi, cette gonzesse ? » a demandé Doyle.
J'ai collé ma joue à la vitre, fait semblant de ne pas écouter.
Emmett a hésité. « Ben, les trucs habituels, quoi. » Il a bougé sur son siège. « Et donc, où vous allez l'emmener ? On pourrait se la faire dans le placard. Tout le monde est en cours. Personne entendra rien. C'est pratiquement insonorisé.
— Insonorisé ? Ah ouais ?
— Ouais, mon pote, on entend que dalle. Tu peux crier autant que tu veux, personne t'entendra. »
La voiture se traînait derrière le bus sur Legion Parkway. On s'est arrêtés devant l'épicerie DePasqua. Je me suis souvenu de l'attroupement, on aurait dit la moitié de l'école, autour d'Emmett qui était tombé à genoux. Je n'aurais pas dû m'en mêler. J'aurais dû les laisser lui mettre une branlée, l'envoyer à l'hôpital. Je n'en serais pas là aujourd'hui.
« Ça te va si on te laisse là ? a demandé Doyle. Ça a rien à voir avec toi, c'est juste qu'elle aime que la viande blanche. »
Emmett nous a regardés, puis il a baissé les yeux sur ses grandes mains qui tenaient le couteau et la poudre, qu'on avait mise dans une feuille de cahier qui traînait par terre. Il a planqué la poudre dans son dashiki et le couteau dans la poche de son pantalon. « De toute

façon je peux pas venir avec vous. J'ai des cours à rattraper. La prison du samedi matin. »

Il a relevé la tête, fait un geste du menton. « Suivez le bus. Il fait le tour. Je descendrai quand il s'arrêtera. Et puis j'ai pas besoin de votre nana, j'en ai une qui m'attend juste là. »

34

Le bus a tourné à gauche derrière l'école, dans une avenue arborée où alternaient pavillons et immeubles plus anciens en forme de huche à pain géante, hauts de huit étages et deux fois plus longs. Au coin, où l'avenue débouchait sur un axe nord-sud, le bus s'est arrêté devant un poteau en métal sur lequel un petit panneau donnait les horaires. Une douzaine de gamins, l'air perplexe, mécontent, morose ou à moitié endormi, sont descendus sur le trottoir. En dernier est venue Masha, tout sourire, qui secouait la tête pour arranger ses cheveux, son teint pâle éclatant sous le soleil.

Doyle a klaxonné et toutes les têtes se sont tournées vers nous un bref instant après quoi, comme gênées à l'idée d'être reconnues, elles se sont baissées et tout le monde a traversé la rue pendant que le bus repartait. Tout le monde, sauf Masha qui continuait à nous regarder.

« Laissez-moi sortir », a dit Emmett, mais ni Doyle ni moi n'avons bougé.

Doyle a donné un nouveau coup de klaxon. Cette fois, le bruit a attiré une demi-douzaine de regards réticents. Masha se tenait bien droite, une main en visière au-dessus des yeux.

« C'est elle, cette petite salope », a dit Murphy.

Emmett s'est tourné vers lui. « Tu la connais pas, mec. » Il s'est avancé, a secoué mon dossier et a dit : « Faut que j'y aille, laisse-moi sortir.

— Sors ta tête, Stewie », a dit Doyle, et il m'a poussé vers la fenêtre.

J'ai tourné la manette, regardé la vitre descendre. En me reconnaissant, Masha a souri encore plus grand, sa main a quitté son front et elle m'a fait coucou. Elle a calé ses livres contre sa poitrine et s'est mise à trotter vers la voiture.

Arrivée à ma portière, elle a dit : « Myszko » et m'a déposé un baiser au coin de la bouche.

À l'arrière, Emmett s'est marré.

Masha l'a regardé, puis elle a regardé Murphy et Doyle et elle est revenue à moi, émerveillée et pleine d'espoir : « Alors maintenant vous êtes tous amis ?

— Copains comme cochons », a gloussé Murphy.

Doyle a avancé la tête et lui a souri. « Ouais, on est potes. Viens avec nous. On va se balader.

— Merci, mais une autre fois s'il te plaît. Je dois aller en classe. » Elle a tourné la tête vers l'école. « Le samedi c'est mon anglais, et j'en ai besoin, non ?

— Moi aussi j'en ai besoin, a dit Murphy.

— Mec, sois cool, a dit Emmett.

— Toi tu me dis pas ce que je dois faire, sale… » a commencé Murphy.

La main de Doyle a jailli et lui a mis une tape sur la jambe. Sans cesser de sourire à Masha, il a dit : « On va te donner un cours d'anglais. T'en apprendras plus avec nous que dans une classe avec une bande de nazes.

— On va t'apprendre tout ce que t'as besoin de savoir », a dit Murphy.

Cette fois, Emmett a fait : « Tu veux pas la boucler, mec ? »

Masha a reculé d'un pas et m'a regardé, déconcertée. J'ai essayé de soutenir son regard, mais je n'ai pas réussi. Je me suis concentré sur ses mains qui retenaient ses livres, sa peau blanche qui paraissait si douce et que j'avais envie de caresser. Et puis j'ai imaginé ces mains, ces jolis petits doigts, sur le corps d'Emmett.

« Myszko ? » elle a dit, et Emmett s'est remis à rire. Elle l'a regardé de travers et s'est rapprochée de moi. « Est-ce que tu… il y a une problème ?

— Et après les cours ? a demandé Doyle. À quelle heure tu finis ? On viendra te chercher, on te ramènera chez toi. » Son visage était presque collé à mon épaule. J'ai pensé que, si j'avais eu une épée, j'aurais pu lui trancher la tête.

« Merci beaucoup, mais ma mère va venir et après nous allerons… comment on dit… faire des courses.

— Tu vas acheter de la kielbasa ? a demandé Murphy.

— Peut-être. Oui, je pense.

— T'aimes bien ça, la kielbasa ? »

Elle a eu un instant d'hésitation. « Oui, c'est, comment on dit… bon dans la bouche. »

Cette fois, Murphy et Emmett ont ri tous les deux.

Masha s'est redressée, elle sentait que quelque chose n'allait pas mais ne savait pas quoi. « Je dois aller maintenant.

— Et si on passait chez toi plus tard ? a demandé Doyle.

— On viendra avec nos kielbasas », a lâché Murphy à travers ses éclats de rire.

La colère assombrissait le visage de Masha.

« Myszko, appelle-moi, s'il te plaît. » À Murphy : « Je crois que je t'aime pas. » À Doyle : « Toi non plus. » Elle a hoché poliment la tête, vérifié que la voie était libre, et elle a traversé la rue en courant.

« Connasse », a dit Doyle.

On l'a regardée poser ses livres, ouvrir la porte, se baisser pour les ramasser et disparaître dans l'école.

« L'escalier, il est de ce côté, non ? a dit Doyle en se tournant vers Emmett.

— Ouais », a dit Emmett. Puis en me serrant l'épaule : « Franchement, moi, je la laisserais pas me parler comme ça.

— Comme quoi ? » lui a demandé Doyle. Je ne savais plus où j'en étais, j'en voulais à tout le monde. J'avais juste envie de me faire tout petit et de disparaître. Mais, d'un autre côté, je voulais entendre la réponse d'Emmett. J'avais l'impression qu'il savait une chose que j'ignorais.

« Elle t'a appelé Myszko, il m'a dit. Tu sais ce que ça veut dire ?

— Qu'est-ce que ça veut dire ? a demandé Doyle.

— Un truc du genre petite souris. Elle a essayé avec moi. Elle m'a raconté que tout le monde le disait dans son pays, mais sans déconner. En fait elle te traite de rongeur. Un petit parasite avec une bite grosse comme un cure-dent. C'est nul d'être Myszko, mon pote. Je lui ai dit qu'elle pouvait m'appeler Mister Kielbasa. C'est vachement mieux d'être une saucisse. »

Et tout le monde a ri.

35

Il y a un proverbe japonais qui dit : le vent souffle dans les bambous et ne laisse aucune voix.

Voici l'explication qu'on m'en a donnée : il n'est pas nécessaire de crier pour se faire entendre. Le vent peut faire bouger les bambous, il peut même briser et arracher des tiges et des branches, mais après son passage il n'y a plus aucune preuve de son existence. Seul reste le résultat de son passage. Le vent n'attire pas l'attention à lui, il n'a pas d'ego, sa présence est sans importance ; l'important, c'est qu'il a un pouvoir de changement.

Avec le recul, je me prends à compatir au sort du bambou.

Parce que, dans la voiture, tandis qu'on s'éloignait de l'école, je m'identifiais à ce bosquet de bambous. Quelque chose m'avait transpercé et avait fait des dégâts. Mais je ne voyais pas ce qui m'avait déchiqueté, ou en tout cas pas précisément.

Ce que je savais, c'est que je ne pouvais pas rester dans cette voiture à écouter leurs vannes. Je sentais que, si je passais trop de temps avec Doyle, Murphy et Emmett – qui est finalement resté avec nous –, je risquais d'avoir envie de les tuer. Comme mue par sa propre intelligence, ma main palpait mon pantalon, la forme du couteau dans ma poche. Je me faisais tout un film dans lequel je sortais la lame, je me tournais vers les autres, un par un, et je leur taillais le visage en charpie au milieu de leurs hurlements.

J'ai prétendu que mon père ne travaillait qu'à mi-temps ce samedi-là pour qu'ils me déposent à la bibliothèque. Je suis entré par l'avant, je suis descendu au sous-sol et ressorti par la porte de derrière, qui a déclenché une alarme quand je l'ai ouverte. Je m'en moquais. Qui allait me poursuivre ? À ma connaissance, il n'y avait personne dans le bâtiment, à part la vieille dame de l'accueil.

J'ai détalé dans une ruelle et j'ai marché vers le sud-ouest, dans une zone de la ville où je n'étais jamais venu. C'était un quartier de petits entrepôts muets en tôle et de bars aux fenêtres opaques, violet foncé, qui laissaient à peine entrevoir l'intérieur.

J'ai tourné dans une rue bordée de constructions grises, longues comme des pâtés de maisons et qui puaient la colle. J'ai hésité à l'entrée de la rue, me demandant comment j'allais pouvoir occuper les quatre prochaines heures. Une Pontiac marine a déboulé et s'est arrêtée au stop.

C'était un hasard, une coïncidence, un coup du destin. Un autre cas de *et si*… Et si j'étais resté avec Doyle et les autres. Si j'étais arrivé quelques secondes plus tôt ou plus tard. Si j'étais allé tout droit, ou si j'avais bifurqué dans la rue précédente. Si j'avais été plus prudent, si je m'étais retenu de regarder. Si elle avait été plus discrète, si elle avait pensé qu'on pouvait la voir, si elle était simplement restée à la maison…

Mais j'ai tourné la tête vers la voiture, regardé ce qui se passait dans l'habitacle, pile au moment où ma mère, sans me voir, tournait la tête vers la fenêtre passager, vers moi, et soufflait la fumée de sa cigarette. Elle riait à quelque chose qui venait d'être dit, les yeux baissés, et elle les a levés pour souffler sa fumée et alors elle m'a vu.

Lequel de nous a été le plus surpris, je ne sais pas. J'ai eu le temps d'assimiler deux détails avant de foutre le camp, de zigzaguer dans les ruelles et les allées, le cœur battant, guettant les bruits d'une voiture à mes trousses.

J'ai couru et fini par m'écrouler sur un quai de chargement en bois, où j'ai agrippé ma poitrine et englouti de l'air comme un noyé qu'on vient de repêcher. C'est seulement là que j'ai intégré les détails de ce que j'avais vu.

Elle n'était pas seule ; il était noir.

36

Elle était à la maison quand nous sommes arrivés, mon père et moi. Elle n'a pas bronché, elle a continué à mettre la table pour notre dîner du samedi soir – saucisses bouillies, haricots blancs, et, ce que je préférais, du pain noir – une petite miche cylindrique, dense, caoutchouteuse et parfumée à la mélasse. On la réchauffait au four dans sa boîte et on la mangeait en tranches avec du beurre.

J'aurais voulu ne pas avoir faim. J'aurais voulu picorer dans mon assiette, que ma contrariété soit évidente. Mais j'ai repris deux fois de tout pendant que ma mère souriait et papotait d'une voix qui avait l'innocence du café qui coule.

Puis mon père a reculé sa chaise, s'est relevé lentement, a remonté son pantalon et est allé prendre une douche, et alors elle s'est départie de son sourire.

Elle a essayé d'attraper mon regard, baissant et tournant la tête pendant que je faisais tout mon possible pour l'éviter. Je ne voulais pas la regarder. Je ne voulais pas entendre ses excuses. Je ne voulais pas lui pardonner. On peut s'habituer à la haine. Elle justifie tous nos actes. Et c'est bien plus facile que d'avoir une conscience.

Avec un soupir exagéré, ma mère a jeté l'éponge. Elle a empilé bruyamment les assiettes sur sa main gauche et elle s'est dirigée vers l'évier en disant : « Personne n'aime qu'on lui fasse du mal. »

Je ne savais pas si elle parlait d'elle ou de moi. D'elle et de moi. Peut-être même de mon père. Je ne savais pas si c'était une excuse, une justification, ou si elle me demandait de la comprendre, de lui pardonner.

Elle a déposé les assiettes au fond de l'évier, elle a ouvert les deux robinets et elle a fait gicler du liquide vaisselle jaune sous le jet. Puis elle a fait : « Oh, j'avais oublié », en se retournant. L'eau savonneuse ruisselait sur ses mains et tombait sur son tablier à fleurs. « Tu as eu un coup de fil important. »

Mes épaules se sont tendues, j'ai attendu qu'elle continue. Mais elle savait y faire avec moi. Elle n'a rien dit de plus, si bien que j'ai été obligé de parler, au moins un tout petit peu. « De qui ? »

En levant la tête, j'ai croisé son regard et elle a dit : « Je t'aime. » Ses lèvres, humides et fascinantes, entrouvertes, accueillantes, m'ont rappelé celles des femmes sur les jaquettes des films X. « On est seulement allés chercher un sandwich à midi. C'est un crime ? »

J'ai revu ma mère, cet homme… j'ai regardé ailleurs. Elle est revenue vers la table en s'essuyant les mains sur son tablier. « Une fille a téléphoné. Marcia, je crois. Je n'ai pas bien compris – elle avait un accent. » Elle est allée jusqu'au coin où le réfrigérateur était coincé entre l'évier et la fenêtre qui donnait sur la pelouse étroite derrière l'immeuble. Elle a attrapé un bout de papier sur le haut du frigidaire et elle est revenue me le tendre. « Elle a dit qu'elle s'appelait Marcia, que c'était important et qu'il fallait que tu la rappelles dès que possible. Elle était très polie. Elle a l'air très gentille. Est-ce que c'est… ? » Elle me souriait d'un air engageant.

Que se passe-t-il quand notre esprit nous lâche ? Comment est-ce possible ? Pourquoi, lorsque se présente l'occasion de faire preuve de grâce, la transformons-nous en un moment sinistre et pervers ? Qui d'entre nous n'a jamais refusé des excuses parce qu'il n'avait pas fini de ruminer sa colère ?

Ma mère essayait de lancer un pont entre nous. Masha faisait un geste qui aurait dû m'emplir d'espoir.

Et malgré tout ça, j'ai fixé les gros caractères anguleux de son numéro de téléphone, entendu ma mère insinuer : « C'est une amie spéciale ? », et pas réussi à penser à autre chose qu'à Masha et à Emmett, à ma mère et à cet homme dans la voiture. J'ai cru que la curiosité de ma mère était un piège. La paranoïa a envahi mon esprit – je me disais que ma mère et Masha étaient complices. Elles essayaient de me compromettre, de me rabaisser encore un peu plus, après que Masha m'avait humilié devant mes amis en m'appelant Myszko, en couchant avec Emmett dans mon dos. Quant à ma mère, elle avait fait honte à mon père et à moi en couchant avec un autre homme, un noir avec qui elle travaillait, un homme que tout le monde méprisait, un moins que rien, un paria.

Et maintenant elle voulait que je ferme les yeux, que je pardonne, que je fasse semblant de rien ? Comme Masha, elle voulait que je fasse semblant.

J'ai froissé le papier et j'ai levé les yeux vers ma mère. Son sourire était si détendu, si confiant et innocent, que j'en ai eu la nausée. Avec une colère froide, j'ai murmuré : « Pute », et sans réfléchir je lui ai craché au visage.

Les poings serrés, j'ai reculé ma chaise et j'ai attendu. Je ne suis sûr de rien, mais je crois que j'attendais qu'elle me frappe, pour que je puisse lui rendre le coup. Exactement comme mon père s'était défoulé sur elle quand il s'était senti contrarié.

Elle a caché son visage derrière son tablier le temps d'essuyer mon crachat. Quand elle a baissé le tablier, elle pleurait.

« Qu'est-ce qui se passe ? » a demandé mon père sur le pas de la porte. Il avait une serviette bleue autour de la taille. Les poils de sa poitrine et de ses jambes étaient mouillés, plaqués, rappelaient la fourrure d'un animal.

Ma mère a ramassé la poivrière et a mimé un mouvement brusque. « Je... je l'ai secouée sans faire exprès et je m'en suis mis dans les yeux. » Elle est retournée à l'évier et elle a plongé les mains dans l'eau chaude.

Mon père s'est glissé jusqu'à elle. Il s'est collé à son dos, les bras contre ses flancs, les mains sur le bord de l'évier. Il lui a chuchoté à l'oreille des mots entrecoupés de rires.

« Laisse-moi juste terminer ça, a dit ma mère en se fabriquant un sourire qu'elle lui a rapidement offert par-dessus l'épaule.

— Ça peut attendre », a dit mon père. Il s'est tourné vers moi. « Stewie, finis la vaisselle, et après tu pourras regarder ce que tu veux à la télé. » Il m'a fait un clin d'œil.

Horrifié, je l'ai vu la tirer par les coudes et l'écarter de l'évier. Elle a protesté pour la forme, la vaisselle, ses mains mouillées. Il l'a poussée vers le salon puis leur chambre. J'avais envie de dire à mon père : Ne l'embrasse pas sur la bouche ! Ne la touche pas !

Je suis allé à l'évier, je me sentais entouré par le

mensonge. J'ai entendu leur porte se fermer en raclant le sol, puis des paroles et des rires étouffés. Je distinguais des bruits de baisers humides. Doyle avait raison ; c'était comme s'il embrassait directement l'autre. Elle ne lui avait rien dit. De même que Masha ne m'avait rien dit.

Je me suis mis à trembler. J'ai pris une assiette et je l'ai jetée. Elle s'est écrasée sur le sol, a explosé en fragments acérés et scintillants. Je me suis tourné vers la porte et j'ai attendu, plein de défi. Mais personne n'est sorti. Peu après, les ressorts du sommier grinçaient. Comment j'en étais arrivé là ? Pourquoi est-ce que j'étais aussi parfaitement seul ?

37

En psychologie, ça s'appelle une fugue dissociative. C'est un phénomène que connaissent toutes sortes de personnes – pianistes sur scène, femmes au foyer, ouvriers sur un chantier, patrons de boîtes, littéralement n'importe qui, n'importe quand. Mais le plus souvent, quand nous en entendons parler, c'est en lien avec un meurtre.

Dans cet état, on se sent déconnecté de ce qui nous entoure ; on traverse la vie sans être conscient de nos actes. Dans cet état, certaines personnes partent de chez elles et changent d'identité. D'autres suivent leur routine quotidienne, mais sans réellement participer à leur vie. En général, ça ne dure que quelques heures, éventuellement une journée. Quand vous reprenez votre vie normale, vous avez peu de souvenirs de ce qui s'est passé, et les quelques événements qui se gravent dans votre mémoire ont un aspect lointain, celui d'extraits d'un film presque oublié.

Je crois que j'ai passé toute la semaine suivant ce week-end catastrophique dans un état de fugue dissociative. Mais j'étais peut-être simplement déprimé, dépassé, abasourdi par ce que je croyais savoir de ma vie.

Je sais que je ne suis pas allé en cours. De ça je suis à peu près sûr. En revanche, où je suis allé, Dieu seul le sait. Dans les quelques bribes de souvenirs que je conserve, je me vois sortir de la maison, aller en ville, marcher, regarder, chercher… chercher quoi ? Je me vois dans des ruelles, je jette des coups d'œil aux voitures qui passent ; je suis assis dans les toilettes de stations-service ; je marche, je marche, je marche. J'ai un bref fragment de souvenir où je suis à genoux dans des hautes herbes à côté d'une voie ferrée, et deux « vagabonds », comme on les appelait à l'époque, deux hommes d'âge indéfini, grisonnants, visage gras et vêtements sales, sont debout près de moi et se marrent.

Des moments que j'ai passés à la maison pendant cette semaine, je ne me rappelle à peu près rien. Doyle et Murphy n'ont pas téléphoné et ne sont pas passés, ou bien s'ils l'ont fait, je ne m'en souviens pas. Masha a appelé, tard un soir je crois, mais j'ai refusé de prendre le combiné que me tendait ma mère – ça, je m'en souviens : ma mère étire le cordon noir qui relie le combiné à la base noire du téléphone, l'approche de mon visage, un geste suppliant, et me presse : « Prends-le. Prends-le. »

C'était toujours le soir, mon père n'était pas là, et j'allais toujours dans la salle de bains où je poussais le verrou et m'asseyais sur les toilettes. En sécurité. Seul.

Quand je me suis réveillé le samedi, je me sentais différent. J'évoluais encore dans un autre monde, mais moins embrumé, plus net. Le jour n'était plus cette chose floue et lointaine, insaisissable. Le bacon que ma mère avait préparé pour le petit-déjeuner avait un goût fort, salé ; le toast beurré était gras et bon. J'avais l'impression d'être un enfant modèle, poli et souriant. J'avais l'intuition d'une résolution, comme si j'avais bossé toute la semaine sur une chose qui était enfin terminée. J'ai eu l'idée d'aller à la bibliothèque, et elle m'a enthousiasmé. J'avais du travail, les devoirs de la semaine passée à rattraper. Je me disais que j'aurais le temps de faire une petite pause, d'aller à l'école et de parler à Masha. Il y avait peut-être encore un espoir. Je pourrais peut-être la convaincre de me donner une seconde chance. J'étais déterminé.

« Prépare-toi », a dit mon père en terminant son café avant d'aller se laver. Je suis allé dans ma chambre et j'ai regroupé mes livres. J'ai ouvert mon tiroir à chaussettes pour chercher si j'avais de la monnaie cachée au fond. Je me disais que ce serait sympa de trouver un petit cadeau à Masha. J'ai écarté les paires de chaussettes pour rassembler les quarters et les dimes éparpillés. Ma main a effleuré la forme dure de mon couteau. Je l'ai sorti du tiroir et fait sauter dans ma main. J'étais Hank McCoy, ma poitrine et mes bras enflaient, j'étais le Fauve. Et le Fauve n'a pas besoin d'arme.

Pourtant, alors que j'allais le remettre dans le tiroir, ma main a hésité. Mais j'ai rangé le couteau. Je sais que je l'ai rangé. Je l'aurais rangé. Ça, j'en suis certain. Sûr et certain. Pratiquement certain.

Quasiment certain.

38

L'immeuble en face de l'école était entouré par une haie de buissons bas et épineux aux feuilles épaisses et luisantes. Elle était grossièrement taillée, mais assez touffue pour que je puisse me cacher derrière. Je voulais surprendre Masha. Je ne voulais pas qu'elle voie que je l'attendais car je savais que, dès l'instant où je l'aurais repérée dans le bus, dès l'instant où elle m'aurait repéré, je deviendrais nerveux, je redouterais ce qu'elle allait dire une fois descendue du bus. Je voulais la surprendre pour qu'elle n'ait pas le temps de se ressaisir et de rassembler ses idées. Je voulais que sa réaction soit spontanée. Je pensais que la surprise augmenterait mes chances. Que Masha révélerait ce qu'elle avait au fond du cœur. Je voulais la confronter à mes doutes.

Alors c'est moi qui mènerais le jeu. Je pourrais observer sa réponse à mon apparition imprévue, adapter mon comportement, ne rien avouer, ne rien laisser paraître, ne prendre aucun risque. Faire comme si je m'en foutais.

Je me suis agenouillé sur le sol froid derrière des branches longues qui me dissimulaient tout en me permettant de voir l'arrêt de bus et, plus loin, la porte arrière de l'école. Comme il était encore tôt, 9 h 30, je me suis adossé au béton du mur. Là, mon esprit vagabondait quand j'ai entendu des pas venant du côté de l'immeuble, le craquement des feuilles brunes qui jonchaient la pelouse.

« Qu'est-ce qu'on va faire ? a dit une voix familière.

— La ferme, manche à couilles, qu'est-ce que je t'ai dit ? Tu parles pas.

— Je pensais que…

— Tu penses pas non plus. Tu sais pas faire. »

Mon corps, tassé, en équilibre sur les ressorts contractés de mes jambes, s'est changé en plastique raide. J'ai attendu que les pas s'éloignent et je me suis avancé, mon visage s'enfonçant dans les branches qui ont bruissé.

Par ma petite lucarne, j'ai vu Doyle, arrivé sur le trottoir, qui se retournait pour passer la haie au crible avec ses yeux de furet. J'ai retenu mon souffle, cligné des paupières à cause de la sueur qui dégoulinait et me piquait. Son regard s'est déporté sur les fenêtres de l'immeuble. Sa tête a été agitée par un tic nerveux.

Puis il s'est élancé dans la rue en faisant signe à Murphy de le suivre. À deux, ils ont attrapé la poignée et tiré la lourde porte. Doyle a jeté un dernier coup d'œil à la ronde et ils se sont glissés dans l'ouverture sombre. La porte s'est refermée et toute trace de leur passage a disparu, de même que les ondes se lissent à la surface de l'eau jusqu'à ce qu'elle paraisse ne jamais avoir été troublée.

Ma colère montait. J'ai fermé les yeux, secoué la tête, et je me suis dit que je déraillais, qu'ils ne feraient rien dans l'enceinte de l'école. J'ai pensé au placard à fournitures, aux bidons de lubrifiant industriel le long des murs. S'ils étaient là à cette heure, c'était sûrement pour voler un bidon de « Henry » et ils seraient repartis avant le début des cours. Ils allaient ressortir d'une seconde à l'autre, Murphy certainement chargé d'un bidon argenté de trois litres.

J'ai remué les bras pour évacuer la tension, je me suis mis à genoux et j'ai attendu. J'ai envisagé d'oublier Masha et d'aller me défoncer avec eux. Ce serait mille fois plus simple que d'essayer de lui parler. J'ai cherché conseil dans le ciel, mais les nuages n'ont dessiné ni symbole ni message, leur masse épaisse et grise n'a pas bougé.

Les minutes s'éternisaient et la porte ne s'ouvrait pas. Bientôt, les élèves ont commencé à arriver, seuls pour la plupart. Ils avaient tous la même démarche, les pieds traînants, les épaules affalées, ils grognaient en tirant la porte et entraient avec l'air de craindre qu'on les voie.

Pensant que j'entendrais le bus, je suis retourné m'adosser au mur et j'ai essayé de me détendre contre le béton humide. Mais j'avais beau respirer profondément, remuer les bras, impossible de me relaxer. Est-ce qu'ils attendaient à l'intérieur ? Est-ce qu'ils étaient sortis par une autre porte ? La nervosité me donnait envie de me glisser hors de ma cachette et de rentrer chez moi. Je me rappelais Emmett disant : « Tu peux crier autant que tu veux, personne t'entendra. »

J'aurais voulu être pelotonné sur mon canapé, regarder les dessins animés. J'aurais voulu être malade pour que ma mère me fasse de la soupe, m'essuie le front avec un linge humide, me traite comme un bébé sans défense, me tienne dans ses bras, que je n'aie pas à sortir dans le monde.

Je me suis avancé pour regarder par l'ouverture dans la haie. Les retardataires convergeaient vers la porte depuis les deux côtés du trottoir. Ils étaient nombreux. Si je me levais maintenant, tout le monde me verrait. Et comment me justifier ?

J'ai regardé l'heure. Le bus de Masha allait arriver dans une minute.

Vous avez une idée du temps qu'il faut pour qu'une minute s'écoule ? Essayez ceci : agenouillez-vous dans votre chambre et comptez. Vos jambes s'engourdissent, elles deviennent raides, votre nuque et vos épaules se tendent et tressautent, une sueur amère et musquée naît des pores de votre visage.

Au bout de quatre minutes, j'ai décidé d'abandonner. J'en avais ma claque. Résolu à me lever et à m'en aller, j'ai posé les mains sur le sol pour m'appuyer et c'est là que j'ai entendu la toux rauque du moteur quand le bus a tourné au coin de la rue. Je me suis redressé et j'ai passé la tête dans la haie.

Le bus s'est arrêté en cahotant à moins de dix mètres de moi. J'ai bougé la jambe droite, planté mon pied pour bondir, pour dire bonjour à Masha, mais des picotements aigus ont envahi tout mon mollet. À force de rester à genoux, ma circulation sanguine s'était coupée. Je ne pouvais pas me lever, ma jambe allait me lâcher.

J'ai vu les pieds de Masha, ses mocassins, sur les marches du bus, puis ses jambes sont entrées dans mon champ de vision, gainées dans un collant noir, et ensuite ses hanches, qui ondulaient tranquillement sous sa jupe en jean. Elle portait son pull en velours bleu, et j'ai été époustouflé de voir comme il la mettait en valeur ; sa taille fine, le poids de ses seins, la peau blanche et douce de son cou, les mèches blondes qui dégringolaient sur ses épaules. Elle avait le visage penché vers le haut, elle souriait, et j'ai secoué ma jambe, essayé de hâter le sang pour pouvoir aller lui dire bonjour.

Elle s'est avancée sur le trottoir, je la voyais en entier à présent mais pas la personne à qui elle souriait.

Alors Emmett Turner s'est penché vers elle. Il paraissait nerveux ; ses yeux allaient et venaient comme s'il guettait quelqu'un. Ou comme s'il avait peur d'être vu.

Il est descendu du bus et les longs doigts de sa main droite sont venus se poser sur l'épaule de Masha. Je l'ai entendu dire : « Attends. » À moins que je l'aie imaginé ? Des volées de corbeaux fendaient le brouillard qui régnait dans ma tête. Je me suis ressaisi et j'ai vu qu'elle se détachait de lui, pour mieux pivoter et se retrouver face à lui.

39

Drôle de truc, la mémoire.

Certaines fois, je suis absolument sûr d'être sorti des buissons à ce moment-là, de lui avoir dit de foutre la paix à Masha, et je me souviens nettement que je l'ai frappé au visage, qu'il a riposté et qu'on s'est empoignés et battus, qu'on a fini par terre, que j'étais à califourchon sur lui et qu'il demandait grâce.

D'autres fois, je m'avance tel James Bond, j'écarte Emmett, je tends le bras à Masha et nous partons en ville boire des lime rickeys dans une alcôve au fond d'un bar.

Mais j'ai aussi le souvenir d'avoir écouté leur conversation. Ils me tournaient le dos, mais j'en ai entendu suffisamment pour que le choc me fasse partir en vrille ; choc de voir la facilité avec laquelle Masha a accepté d'attendre avec lui, d'arriver en retard pour qu'ils puissent fumer une dernière cigarette ; choc de voir Masha fumer ; choc de voir la douceur avec laquelle les mains de Masha se sont posées sur celles d'Emmett quand il a approché l'allumette de sa tête inclinée.

Emmett a souri, balayé la rue du regard, susurré quelques mots à Masha, regardé les fenêtres des appartements derrière lui, tiré sur sa cigarette.

Je ne sais pas comment j'ai pu entendre leur conversation depuis ma cachette. Mais dans mon souvenir je l'ai entendue. Je l'ai entendue dire : « Ce serait pas mieux si on était… dans l'enceinte ?

— Non, non », il a dit en secouant la tête. Un rapide sourire a percé sa nervosité. « Pourquoi, t'as envie d'être enceinte ? »

Elle n'a pas compris la blague et l'a dévisagé, perplexe.

Il s'est penché, lui a chuchoté quelque chose, et il était si près que sa bouche devait toucher l'oreille de Masha.

Ensuite elle s'est reculée, les joues rouges. Elle a laissé tomber sa cigarette et a paru soulagée, comme si le mégot lui brûlait les doigts.

« Je suis pas comme ça, elle a dit. Tu sais.

— Ouais, je sais. Je sais tout ce qu'il y a à savoir sur toi, bébé. »

Je m'attendais à ce qu'elle lui mette une gifle. Au lieu de ça, elle a serré ses livres contre elle, tourné les talons et traversé la rue.

« Hé, tu me plantes pas comme ça », a dit Emmett, la voix tordue par la colère. Il l'a rattrapée et l'a prise par le bras.

Elle s'est dégagée, il a serré, si fort qu'elle a couiné : « Aïe ! Lâche-moi !

— Tu me plantes pas comme ça. J'ai entendu les trucs qu'on raconte sur toi.

— Tu me fais mal », elle a dit en tordant le bras pour s'arracher à sa prise.

Je savais que je devais aller l'aider. Mais je n'ai rien fait. Je me suis reculé contre l'immeuble et je me suis caché le visage entre les mains.

Ou peut-être pas. Imaginez un arbre dans une forêt… Nous façonnons le monde selon nos besoins, n'est-ce pas ?

Peut-être que je me suis levé. Peut-être que j'y ai vu ma chance d'être Zorro, d'être le Fauve, Roméo, un vrai héros. J'ai palpé mes poches, cherché mon couteau. Déjà, le film défilait dans ma tête : j'allais surgir des buissons en le brandissant comme un ange vengeur.

Rien dans mes poches avant, vides. Une pointe de panique s'est plantée dans mon cœur. Tandis que je glissais mes mains derrière moi, vers mes poches arrière, j'ai sursauté en entendant la longue plainte d'un klaxon.

Dans la rue, un break faisait un écart pour éviter les silhouettes d'Emmett et de Masha. Emmett l'a lâchée pour faire un doigt au conducteur. C'est ce moment, plus que n'importe quel autre, qui allait sceller son sort. Car lorsque le conducteur, un pasteur presbytérien, a été entendu devant le tribunal, son témoignage a rendu la condamnation d'Emmett inévitable sans arme ni aveu.

Masha, soudain libre, a foncé vers la porte. Emmett a hésité quelques secondes puis il l'a suivie à longues foulées souples. Il l'a rejointe sur le perron, alors qu'elle tirait la porte. Il a attrapé le panneau et l'a ouvert assez grand pour pousser Masha à l'intérieur de tout son corps.

Je suis sorti de la haie et j'ai marché vers la porte, sans la quitter des yeux, attendant qu'elle se rouvre. Ou bien je me suis appuyé contre l'immeuble, le visage entre les mains, et j'ai attendu. Combien de temps, Dieu seul le sait. Mais personne n'est ressorti, et je n'ai plus eu le choix. Ou bien j'ai couru vers l'école, et je me suis arrêté à la porte, trop effrayé pour entrer.

40

J'ai tenté d'imaginer ce qui s'est passé ensuite. Masha a laissé tomber ses livres sur le palier juste derrière la porte, à moins qu'ils ne lui aient échappé. Quoi qu'il en soit, ils étaient sur les pierres froides ; je le sais car il y avait une photo dans le dossier de la police. Donc je les aurais enjambés prudemment en entrant dans l'école. À condition que j'y sois entré.

Elle s'est peut-être baissée pour les ramasser. Elle aurait posé son genou droit sur les dalles et là son agresseur l'aurait frappée par-derrière, poussée avec les pieds et les mains et elle serait tombée à plat ventre, sa bouche heurtant la pierre si fort qu'une incisive aurait percé sa lèvre avant de se briser, éclat d'argent terne sur le palier.

Elle était au bord de l'escalier et elle a pu tenter de se relever, de s'agenouiller, les mains sur l'arête de la première marche. Elle s'est redressée, a essayé de recouvrer l'équilibre, et la panique a siphonné l'air de ses poumons quand elle a senti le goût du sang dans sa bouche, senti la douleur palpiter de sa bouche à l'arrière de ses yeux, trop sonnée par cette violence, par son intimité avec son agresseur, pour émettre le moindre son. Il l'a frappée encore, l'a attrapée par les cheveux avec une main, par la jupe avec l'autre, et il l'a balancée dans l'escalier comme un sac. Elle a dévalé les marches qui lui ont écorché les avant-bras et les genoux, et sa bouche a cogné encore, la cinquième marche, où elle a laissé une petite flaque de sang. Mais déjà il était sur elle, il la poussait des mains et des pieds, alors sa glissade s'est transformée en chute et il a continué jusqu'à ce qu'elle percute le carrelage en bas de l'escalier – nouvelle trace de sang –, et là il lui a sauté dessus, comme dans les vieux stéréotypes des hommes des cavernes en rut, il lui a pris les cheveux avec les deux mains et il l'a tirée vers le couloir obscur.

Il l'a traînée jusqu'au placard à fournitures, où il l'a frappée à coups de poing et de pied jusqu'à ce que sa tête et ses épaules se coincent entre les piles de bidons et que seul le bas de son corps ne pointe plus vers le centre de la pièce.

Agenouillé avec tout son poids sur sa poitrine, il a saisi sa si belle chevelure et lui a fracassé la tête contre le ciment, lui a fendu le crâne, et le traumatisme l'a privée de sa dernière chance d'appeler à l'aide. Ensuite il lui a relevé les genoux, il a découpé son pull et son soutien-gorge, fendu l'avant de sa jupe, déchiré sa culotte et fait des entailles profondes là où personne ne devrait jamais être blessé. Peut-être que le sang l'excitait.

J'imagine qu'il a attrapé son couteau et accompagné chaque coup de rein d'un coup de lame. Trente-deux en tout, d'après le journal. Le corps devait tressaillir, se convulser, si bien qu'il pouvait se raconter qu'elle aimait ça, qu'elle réagissait, il n'y avait qu'à voir comme elle bougeait. Elle avait ce qu'elle méritait. Elle l'avait bien cherché.

C'est une possibilité. Un garçon. Emmett. Ou peut-être Murphy. Je ne pense pas que Doyle aurait pu le faire seul. Mais ça aurait pu être Doyle et Murphy en équipe.

Peut-être qu'Emmett, à la suite de leur dispute, l'a poussée dans l'escalier et s'est enfui, et là, Doyle et Murphy qui se défonçaient en bas des marches ont saisi leur chance.

Mais ils ont aussi bien pu tout planifier ensemble la semaine précédente. Ils l'ont entourée sur le palier, elle a résisté, et alors ils sont devenus fous de rage, ils se sont défoulés sur elle, l'ont poussée dans l'escalier, traînée jusqu'au placard, cognée et coincée, et sous la lumière jaune de l'ampoule nue, tous les trois formant un cordon qui la bloquait, ils lui ont dit – dans ma tête j'entends la voix de Doyle – qu'ils étaient au courant de ce qu'elle m'avait fait et qu'ils savaient qu'elle aimait ça et que je leur avais dit qu'elle leur ferait la même chose à tous, et que le mieux qu'elle avait à faire c'était de se détendre et d'en profiter. Après quoi l'un d'eux a ouvert sa braguette, ou peut-être qu'ils l'ont fait tous les trois, et elle a hésité, ou protesté, ou commencé à se débattre, ou bien elle n'a pas bougé parce qu'elle était déjà à moitié inconsciente, et ils se sont jetés sur elle, et un couteau a été sorti – je parierais sur Murphy –, et personne n'a vu à quel point ça avait dégénéré avant que tout ne soit terminé.

Ça a été tellement brutal. Quand je me rejoue le film, pris dans l'émotion, je ne vois qu'un agresseur ; quand je réfléchis posément, la logique me dit qu'ils étaient deux ou trois. Ou quatre ?

Des années plus tard, tandis que je descendais ces marches en m'arrêtant pour examiner chaque infime marque de sang, lâchant des « mon Dieu » par avance, j'entendais presque claquer les pieds qui s'enfuyaient dans le couloir en direction des toilettes, de la fenêtre ouverte, de la liberté.

J'ai pénétré dans l'obscurité du couloir et vu la porte du placard. Elle était fermée, mais un rai de lumière se dessinait entre le battant et son cadre, en soulignait trois côtés. Je me suis approché, j'ai collé mon oreille au bois. Si j'avais été présent ce jour-là, j'aurais entendu un sifflement, un gargouillement. Une peur sinistre m'a traversé. J'ai regardé le couloir désert, espérant entrevoir quelque chose, un prétexte pour laisser cette porte derrière moi. Mais je jure que j'ai entendu un hoquet étranglé dans le placard, et j'ai su que je devais y entrer. J'ai saisi la poignée, je l'ai tournée, j'ai tiré la porte et passé la tête par l'ouverture. Je ne sais pas si je suis revenu au lycée, si j'ai assisté à tout ou si je l'ai imaginé bien des années plus tard.

Masha avait la tête appuyée contre le mur, le menton contre la poitrine, le visage couvert de sang. Ses yeux, voilés et lointains, se sont levés vers moi. Elle m'a reconnu et alors une lueur les a animés, la trahison. Il y avait du sang partout, sur son cou, sa poitrine, sur les lambeaux de son pull et de sa jupe. Ses jambes étaient à plat, écartées, et le sang s'était accumulé entre elles, mélangé à ce qu'elle avait déféqué. Partout du sang, l'éclat du sang.

Sa main droite s'est levée, tremblante, et elle est retombée mollement sur son cœur. D'une voix sifflante, elle a articulé : « Non », et ses yeux étaient remplis de peur. Peur de moi.

Je n'arrivais pas à décrocher mon regard des plaies béantes à sa poitrine, son estomac naguère si tendre à présent massacré. Et c'est là que je l'ai remarqué, planté dans l'extérieur de sa cuisse droite, le couteau à manche vert. Mes poches étaient vides, devant comme derrière, et – Seigneur, je me dégoûte – j'ai craint qu'on ne me fasse porter le chapeau.

J'ai agrippé le manche et j'ai tiré. J'ai dû donner un coup sec pour faire venir le couteau et Masha a laissé échapper un jappement étranglé. J'ai tourné les talons et je me suis enfui vers l'escalier. C'est seulement en arrivant à la porte que je me suis rendu compte que mes semelles étaient pleines de sang.

Derrière moi, dans la cage d'escalier, j'avais laissé mes empreintes.

Mon cœur tambourinait. Son bruit était si fort dans mes oreilles, j'étais persuadé qu'on allait forcément m'entendre dans les classes à l'étage supérieur. Je savais que si je me faisais prendre dans cette situation, je ne pourrais rien expliquer. Avec précaution, mais sans traîner, je suis revenu sur mes pas, posant les pieds où je les avais posés à l'aller, veillant seulement à brouiller les empreintes pour empêcher qu'on les identifie, et je suis retourné au placard.

La sueur ruisselait de mon visage sur le carrelage. À tout instant je m'attendais à entendre des pas qui me poursuivaient dans l'escalier. Il fallait que je foute le camp d'ici. Je me suis souvenu des toilettes au bout du couloir, par où on s'était esquivés pour aller acheter de la meth à Boston. Mais alors je me suis rendu compte que, par là aussi, j'allais laisser des traces. J'ai défait mes lacets et je me suis aperçu que je tenais toujours le couteau dans la main ; quelques gouttes de sang m'avaient taché les doigts.

Que faire ? Si je le mettais dans ma poche, le sang imprégnerait mes vêtements.

J'ai rouvert la porte du placard. Masha s'est mise à

pleurer de panique. Ses lèvres s'agitaient, elle priait, implorait. Sur les étagères, j'ai repéré une pile de serviettes en papier dans un emballage en kraft. J'y ai planté le couteau, pour ne pas y mettre mes empreintes digitales, et j'ai éparpillé les serviettes. Elles ont voleté paisiblement et se sont posées sur Masha. J'ai refermé la lame, puis je me suis baissé et j'ai attrapé quelques serviettes qui étaient tombées sur sa tête. Avec celles-là, j'ai enveloppé le couteau. Ensuite j'ai regardé Masha, les lentes bulles de sang qui sortaient de ses blessures, sa peau drainée, presque bleue, ses yeux vidés de leur éclat, qui assimilaient à peine ma présence et, pour la première fois, j'ai pleinement pris conscience qu'elle allait probablement mourir.

À ce moment-là, est-ce que j'ai appelé une ambulance ? Est-ce que j'ai essayé de la réconforter, elle, le véritable amour de ma vie ? Est-ce que je suis monté chercher de l'aide ?

Je lui ai chuchoté : « Dis-leur que c'est pas moi », puis j'ai glissé le couteau dans ma poche, j'ai reculé dans le couloir, poussé le bouton de la poignée pour verrouiller le placard de l'intérieur, et j'ai fermé la porte.

J'ai enlevé mes chaussures et j'ai couru jusqu'aux toilettes. J'ai rincé les dernières traces de sang sur mes semelles, je me suis lavé les mains, j'ai nettoyé le lavabo, je me suis faufilé par le vasistas, j'ai traversé le parking en courant, j'ai escaladé le grillage et j'ai détalé.

Je me suis forcé à prendre des petites rues jusqu'au centre-ville, à marcher lentement pour éviter d'attirer l'attention. J'ai repris le chemin que j'avais pris la semaine précédente, la fois où j'avais vu ma mère avec le noir. Près d'un bloc d'entrepôts sans fenêtres, aux cours et aux trottoirs déserts, j'ai laissé tomber le couteau dans une bouche d'égout et je l'ai entendu tomber dans l'eau.

C'est seulement là, lorsque je me suis senti en sécurité, que j'ai commencé à penser à la fille qui gisait dans son sang au sous-sol de l'école.

J'ai trouvé une cabine téléphonique à un carrefour faiblement éclairé par un Dunkin' Donuts vide. J'ai laissé la porte ouverte pour pouvoir m'enfuir rapidement et j'ai composé le 911. J'ai pris une voix rauque, bourrue, et j'ai dit : « J'ai entendu un gars qui faisait le malin à la salle de billard. Un nègre, Emmett quelque chose, Emmett Turner peut-être. Il disait qu'il venait de poignarder une fille au sous-sol du lycée. » Sans laisser le temps à l'homme au bout de la ligne de me demander des précisions, j'ai raccroché.

Voilà ce qui s'est passé. C'est ce que je crois aujourd'hui.

Et ce rêve que je fais sans arrêt ? Ce rêve où je suis les traces de sang de Masha dans l'escalier et jusqu'au placard, où je la trouve tabassée, le corps ensanglanté poussé dans un coin ? Ça ne peut pas être la réalité. Parce qu'elle avait tellement de vie en elle qu'elle n'aurait jamais baissé les bras, je le sais. Elle n'aurait jamais pleuré en me suppliant : « Tue-moi, tue-moi, s'il te plaît tue-moi, je peux pas vivre avec ça, si tu m'aimes un tout petit peu, donne-moi du joyeux et tue-moi. » Et je n'aurais jamais pris le couteau et, submergé par ma propre douleur et par mon amour, je n'aurais jamais essayé de lui accorder ce qu'elle demandait, de la poignarder jusqu'à ce que je n'en puisse plus, avant de la laisser, en paix, dans la mort. Sauf que même cela je n'y étais pas arrivé.

Ce n'était qu'un rêve.

J'en suis certain.

Tout comme je suis certain que je ne suis pas resté assis sur le sol humide derrière les buissons, à m'apitoyer sur mon sort, sans rien faire.

41

Il n'y a plus grand-chose à dire. Je ne suis plus jamais allé me défoncer avec Doyle et Murphy, je ne suis plus jamais allé nulle part avec eux. Je ne leur ai adressé la parole qu'une seule fois, le lundi matin suivant, à l'épicerie DePasqua avant les cours. J'étais adossé à la vitrine et j'écoutais les voix excitées des gamins qui discutaient de l'agression de Masha et de l'arrestation d'Emmett, quand j'ai entendu un « Pssst » long et perçant. C'était Doyle, Murphy dans son dos, qui glissait la tête par la porte de l'immeuble d'à côté. Il m'a fait signe de les suivre.

À contrecœur, je les ai suivis jusqu'au coin du pâté de maisons, puis dans la ruelle. Je me demandais s'ils m'emmenaient à l'écart pour me raconter ce qui s'était passé ou pour me tuer. Mais ça n'avait aucune importance. J'espérais qu'ils me poignardent à mort, histoire d'être débarrassé de tout ça.

Ils sont allés jusqu'à un endroit où la ruelle faisait une chicane qui nous masquait à la vue des passants. Ils se sont retournés vers moi et m'ont laissé approcher en regardant à droite et à gauche, parfaitement synchronisés.

« Tu sais qu'ils vont dire que c'est nous, a commencé Doyle.

— Pourquoi ? j'ai demandé.

— C'est toujours pareil. Chaque fois qu'il y a un problème, les flics viennent chez moi. Et toi, Stewie, mon pote, combien de temps ils vont mettre avant de venir te voir ? T'étais son mec et elle te trompait avec un nègre. Qu'est-ce qu'ils vont penser, à ton avis ? Et en plus t'as un couteau... Tu sais qu'ils te foutent en cellule avec d'autres gars avant de t'interroger... »

Ça a été un coup d'aiguillon. Je me suis vu entre les barreaux, j'ai entendu la porte claquer dans mon dos. Je me suis rappelé les histoires que j'avais entendues à la salle de billard, les viols collectifs, les plus âgés qui plaquent les plus jeunes sur un matelas et qui se relaient.

« Moi ce que je pense, a dit Doyle, c'est que de toute façon il est baisé. » Murphy hochait la tête comme un jouet collé sur un tableau de bord. « En plus il est pas majeur, donc ils vont devoir le relâcher quand il aura dix-huit ans. C'est dans quoi ? Deux ans ?

— C'est Emmett qui l'a fait ? » J'étais curieusement soulagé de savoir au moins la vérité.

« C'est lui qu'ils ont arrêté, a dit Murphy en baissant les yeux et en tapant dans un caillou avec sa botte en croco. Et il est noir.

— Emmett ou pas, c'est pas la question, a dit Doyle. Je parle de nous. De sauver notre cul. Ils peuvent pas prouver que c'est pas Emmett, sinon il serait déjà dehors. Mais le truc, c'est qu'ils vont chercher partout tant qu'ils auront pas trouvé de preuves.

— Ils vont chercher de notre côté », a dit Murphy.

La cloche a sonné. Doyle a jeté un regard en coin à Murphy. La ruelle, avec sa terre fauve incrustée d'éclats de mica, la ligne des arbres à l'autre bout, tout ça me rappelait le chemin en terre que je prenais pour aller à l'école en primaire. Le chemin sur lequel je courais avec Emmett en essayant d'échapper à la Guêpe verte. Sauf que pour Emmett, même s'il ne le savait pas – et comment aurait-il pu le savoir ? –, le plus grand danger était à côté de lui, il lui tenait la main.

Doyle était étrangement silencieux. Est-ce qu'il évitait mon regard ? « Qu'est-ce que tu veux que je te dise ? »

Murphy a redressé les épaules et le menton.

« Faut juste s'assurer qu'ils continuent à s'intéresser à lui, a continué Doyle. Il a moyen de nous rendre service sans que ça lui coûte rien, sans allonger sa peine. »

Il a exposé son plan en tapant avec son index dans la paume de sa main gauche comme si tout y était inscrit. Je regardais les lignes de sa main – ligne de destinée, de cœur. J'ai ouvert mes paumes et j'ai scruté les miennes.

Je les ai rejoints après les cours – la dernière chose que j'ai faite avec eux. On est allés au poste de police et on a témoigné qu'Emmett faisait partie des mecs qui nous avaient agressés au centre commercial. On a prétendu l'avoir reconnu sur une photo dans le journal. Doyle a raconté notre histoire à un agent grisonnant qui n'arrêtait pas de bâiller. J'ai acquiescé, signé la déposition, mais je n'ai pas dit un mot.

Ils ne nous ont pas demandé d'identifier Emmett. « Il est occupé », nous a dit l'agent avec un petit sourire. À la place, il a aligné une demi-douzaine de portraits sur son bureau et il est allé se chercher un café.

Ce qu'on a vu nous a laissés sans voix. Sur sa photo d'identité judiciaire, manifestement prise peu après son arrestation, Emmett était méconnaissable – on savait que c'était lui parce que les autres portraits représentaient des hommes d'une trentaine d'années, dont deux blancs et un chauve. Le visage d'Emmett était gonflé, prêt à exploser. Ses paupières étaient noires et presque fermées. On aurait dit que son nez avait été arraché et collé à côté. Sa lèvre inférieure était étalée comme du rouge à lèvres. J'ai pensé que ça aurait pu être moi. À leur silence, j'ai deviné que Doyle et Murphy pensaient la même chose.

Quand le policier est revenu avec son gobelet en polystyrène fumant, j'ai imité Murphy et Doyle. On a tous posé l'index sur la photo et on a dit : « C'est lui. »

Deux semaines se sont encore écoulées avant que Doyle ne finisse d'élaborer son mythe protecteur. Une nouvelle fois, ça a commencé chez DePasqua, le centre névralgique de notre univers. Il y avait plus de monde que d'habitude ce jour-là, une grande bande de filles qui se mélangeaient aux garçons. J'étais seul dans mon coin, je buvais du jus d'orange dans un gobelet en plastique. Depuis l'agression de Masha, mon identité de « héros » était tombée dans l'oubli.

J'étais en train de me remémorer la fois où j'avais vu Emmett entouré par la foule ; je me suis rappelé ce que j'avais ressenti quand Masha m'avait dit que je m'étais comporté en vrai héros. Ces souvenirs étaient si précis que j'en ai oublié où j'étais jusqu'au moment où j'ai entendu une fille s'exclamer : « Sans déconner ! » d'un air ahuri, rapidement suivi par une explosion de rires bêtes.

C'était la blonde aux cheveux longs. Elle était dans un groupe qui faisait cercle autour de Doyle.

« Je le jure devant Dieu, a dit Doyle, la main droite

sur le cœur, la gauche levée comme pour prêter serment. C'était juste derrière la salle de billard, un samedi matin avec tout le monde qui matait. Pas vrai, Murph ? » Murphy a hoché la tête, levé la main lui aussi, et Doyle a continué : « Ils avaient tous le futal sur les chevilles et la Polack les enchaînait. Et la plupart, ils étaient de la même couleur qu'Emmett.

— Je le savais ! a dit la fille. J'étais sûre que c'était une traînée. » La rumeur a commencé à courir comme le courant dans le filament d'une ampoule. Elle a forci, ne demandait qu'à s'échapper. Peu après, toutes les filles se sont dispersées comme des missionnaires pressés d'aller convertir des indigènes dans la jungle. Et quelques minutes plus tard il ne restait plus que Doyle, Murphy et moi. Doyle a eu l'air surpris de me voir là. Il m'a salué de la tête puis s'est concentré sur sa cigarette. Il a tiré une longue bouffée, soufflé un petit cône de fumée et l'a dispersé avec la main.

« C'est pas la vérité », j'ai dit doucement.

Il a haussé les épaules, balancé son mégot dans la rue. « Chacun protège son cul, il a dit en venant coller son visage au mien. Je crois que tu vois très bien ce que je veux dire. » Mes joues se sont empourprées, je me suis mis à transpirer. « Où t'étais, Stewie ? »

Murphy est sorti, Doyle m'a tourné le dos et s'est éloigné avec lui.

Il avait saisi sa chance.

Par la suite, quand j'ai été élu maire, j'ai saisi la mienne. J'ai récupéré le carton dans la salle des preuves. Je me disais que personne ne le rouvrirait jamais. J'ai tout brûlé au milieu d'un tas de bois humide au fond de mon jardin, ajoutant de l'essence pour aviver les flammes. Tout a brûlé, sauf le rapport du médecin légiste que j'ai rangé dans mon coffre à la banque.

Sur le moment, Doyle a eu son petit succès. Mais les ragots, le dégoût, les plaisanteries ont fini par remonter. Comme je l'ai dit au début de cette histoire, les premières démonstrations de sympathie ont viré à l'aigreur et à la haine. La grogne est née chez les jeunes, a gagné les quartiers et s'est trouvé une voix dans la rubrique de Ken Dashiel Dalton qui a appelé tout le monde à se rallier pour nettoyer notre ville.

42

Un frais dimanche après-midi d'automne, les feuilles des arbres étaient orange, rouges et jaunes, les hommes ont quitté leur match de football, les femmes ont éteint le feu sous leur faitout et les enfants sont allés ranger leurs jouets car on se rendait à un « rassemblement » dans un jardin public miteux à la lisière du Village.

Il n'y avait pas de porte-parole, pas de meneurs, seulement une foule mal à l'aise qui errait dans le parc. Les rumeurs sur les nègres, les Polacks et les Mex semblaient souder les familles, en faire une colonie humaine liée par une même haine. Leur colère grondait, grognait, et l'attroupement des bons citoyens a pris vie. Changé en bête sans tête, il a fondu sur le Village en criant, beuglant, frappant à coups de bâton, de pierre, de poing.

Partout des incendies et des pillages. Certains ont même parlé de viols, mais ils ne savaient pas expliquer en anglais ce qui s'était passé, ou bien ils se méfiaient de la police qui évoluait au milieu de l'assaut dans ses voitures de patrouille, chiens de berger motorisés qui encadraient les pillards. Aucune plainte n'a été déposée. Ou alors, elle s'est rapidement évaporée.

En moins de trois heures, trois pâtés de maisons

étaient engloutis par les flammes. Loin d'apaiser la foule, cela n'a fait qu'attiser sa rage.

Le raid a traversé Prospect Street, l'artère qui bordait le côté est du Village et par où passait le bus, et s'est déversé sur les chemins et les trottoirs menant à la cité où Emmett Turner vivait avec sa grand-mère âgée de quatre-vingt-deux ans.

Seulement là, les choses se sont compliquées. La cité était trop grande, trop verticale. Cinq rectangles en brique de six étages éparpillés sur un demi-hectare de mauvaises herbes. Dans le Village, il était facile de défoncer les fenêtres et les portes des appartements qui donnaient sur la rue, et de continuer à partir de là. Ici, les murs extérieurs étaient solides. Pour casser quelque chose, il fallait d'abord entrer, or les immeubles n'avaient que deux portes, une devant et une derrière. Et une fois à l'intérieur, comment savoir quels dangers attendaient les pillards ?

La foule a paru hésiter, faute de consensus les fils de haine qui la liaient se sont effilochés. Certains voulaient retourner au Village pour ranimer leur désir de violence. D'autres préféraient former des équipes pour razzier un à un les immeubles de la cité. Une femme, jappant comme un terrier, les a avertis que « les bamboulas ont des armes. Ils vont pas se battre à la régulière ».

Pour eux, à la régulière signifiait que l'adversaire devait être désarmé, en infériorité numérique, et se soumettre aux coups sans opposer de résistance.

Que ce soit la « sagesse » de cette inconnue ou la dissipation d'énergie qui se produit naturellement lorsqu'un mouvement s'arrête, toujours est-il que, après un moment de réflexion, tout le monde a commencé à se disperser. De petits groupes ont lancé de brèves attaques concertées contre les voitures sur les parkings, brisant les vitres, arrachant les antennes, volant les enjoliveurs. Mais le temps qu'ils atteignent Prospect Street, où s'étaient garés la plupart des émeutiers, leur fureur s'était éteinte, remplacée par une satisfaction joyeuse. L'attroupement s'est divisé en familles qui ont regagné leurs voitures avec l'air de pique-niqueurs rentrant chez eux après un après-midi reposant au parc.

Quelques petites bandes d'adolescents se sont attardées histoire de voler des autoradios sur les parkings, de fouiller les boîtes à gants pour voir s'il y avait de l'argent dedans, et simplement pour le plaisir. Les adultes les ont regardés faire, amusés, comme on regarderait des enfants précoces apprendre à marcher. Mais personne ne les a retenus. Quand ils se sont aperçus que la plupart des gens étaient partis, et que leur petit nombre les rendait vulnérables, ils ont fichu le camp avec leur butin.

Une fois passée leur indignation collective, les bons citoyens de ma ville s'en sont retournés à leur télé, à leur cuisine, à leurs marelles ou à leurs jeux de cow-boys et d'Indiens. De son côté, la police ratissait le Village. Quelques immigrés malchanceux, repérés dans la rue armés de cannes ou de pierres, ont été arrêtés et condamnés pour troubles à l'ordre public et tentative d'incitation à l'émeute.

Des années plus tard, quand ma position m'a permis d'avoir accès aux dossiers de la police, j'ai appris que les immigrés arrêtés avaient vu leur visa révoqué, tandis que les noirs avaient eu droit à six mois de prison. Mais rien sur ce qu'il était advenu de Masha, impossible de savoir où elle était partie. Il ne restait rien d'elle, à part le compte rendu détaillé de ses blessures.

Il y a bien sûr des jours, des semaines voire des mois où je réussis à ne plus penser à tout ça. Mais ça finit toujours par revenir. Par me rendre visite sans prévenir. Parfois je suis au parc, en train de lancer des morceaux de pain à la petite troupe de canards qui a élu domicile dans l'étang boueux. Ou bien je suis sur une banquette au fond du Lithuanian Social Club, où plus personne ne me connaît, et je fais durer une bière en laissant croire, sans succès, que je m'intéresse au match de base-ball à la télé. Hanté par le spectre de mes actes. Qu'est-ce que j'ai fait, qu'est-ce que je n'ai pas fait ? Je ne peux plus me fier à ma mémoire.

Quoi que les gens disent, on ne rachète jamais ses erreurs. On continue sa vie, mais on ne peut pas les défaire. J'ai eu beau embaucher des policiers, je n'ai jamais pu protéger personne de ce qui s'était produit autrefois. Je n'ai pas pu annuler ce qui était arrivé.

Et vous aurez beau dire que j'ai passé ma vie entière à me battre pour faire tomber des arbres, scier, débiter, raser des forêts de pins, de chênes et d'érables, ça ne changera rien. Ça ne rachète pas ce qui s'est produit, ou ne s'est pas produit. Peu importe le nombre d'arbres qui tombent, rien n'est plus assourdissant que le silence de mon âme morte. Aujourd'hui encore, il résonne comme si le passé n'avait jamais cessé d'exister.

Masha, où que tu sois, je t'en prie, ne me pardonne jamais.

MIXTE
Papier issu de
sources responsables
FSC® C003309

10/18, une marque d'Univers Poche,
est un éditeur qui s'engage pour
la préservation de l'environnement
et qui utilise du papier fabriqué à partir
de bois provenant de forêts gérées
de manière responsable.

10/18 – 92 avenue de France, 75013 PARIS

Imprimé en France par CPI

N° d'impression : 3043642
X07753/01